マドンナメイト文庫

愛妾契約30日　むちむち美人編集者の受難

天城しづむ

目次

contents

愛妾契約30日　むちむち美人編集者の受難

プロローグ

「お久しぶりです」

「……久しぶりね」

夕刻、地方都市郊外の一軒家。

訪れたのはパンツスーツに身を包んだ肉感的な女性で、年齢は三十代半《なか》ば頃だろう。やや癖毛のミディアムボブと、険のある表情が気の強さを感じさせる。体型は胸も尻も豊かに盛り上がっており、女性にしては高い身長と合わさって、全体的にむちむちとしたグラマラスボディだ。

彼女を迎えたのはやや小柄で、こちらもけわしい表情をした男性だ。やはり青年から中年に差しかかろうかという年頃だろう。露出した手足は筋肉質で引き締まっており精悍《せいかん》な印象を受ける。

「痩せたわね……あ、ええと、いえ、痩せましたね。とても、スリムになられて……」

「お世辞はいいので、中へどうぞ」

「う……はい……」

ぎこちない笑みを浮かべて使ったおべっかは、そっけない言葉で遮《さえぎ》られた。女性は迷うように視線を左右に向けたあと、諦めた表情で横に置いた大きなスーツケースに手をかけた。

「持ちますよ、重いでしょう?」

「あ、いえ、大丈夫です」

反射的に男性の申し出を断ると、女性は「お邪魔いたします」と声をかけて玄関に足を踏み入れた。

(……来てしまった。もう、あと戻りはできないわ……)

不安と恐怖と、そしてわずかな希望が心の中で混ざり合う。

これから、彼女は、この男の愛妾として、性の捌《は》け口として生きねばならないのだ……。

第一章　そうして彼女は身体を売った

篠原恵麻《しのはらえま》はとある大手出版社に勤めていた女性編集者で、ライト層の文芸作品全般、いわゆるライトノベルやヤングジュブナイルといったレーベルの作品を担当し、少なからずヒット作を世に送り出していたため、将来を期待された才媛だった。

そんな彼女の編集人生の歯車が狂ったのは、早瀬航《はやせわたる》という青年作家の担当になってからだった。

早瀬航はレーベルの新人賞を受賞した才能ある作家で、恵麻はそのデビューから担当編集として彼をサポートし、処女作は読者の支持を集め人気シリーズとなった。

早瀬は文筆においても真面目な青年で、恵麻のアイディアや指導を真摯《しんし》に聞き入れ、恵麻もそんな彼に対し強い熱意をもって意見や指導をしていた。

しかし、そんな二人の関係は、数年後に突如崩壊することになった。

元々、恵麻は気が強く、男勝りな性格をしており、陰で「鬼編集」「毒舌編集」と囁《ささや》かれていた。

その恵麻とは対照的に、早瀬は真面目ではあるが気が小さく、ネガティブな思考に染まりやすい性格をしていた。

弱気な早瀬を強気の恵麻が引っ張る。その二人三脚は途中までは上手《うま》く機能していた。しかし、ややもすると苛烈《かれつ》な口調で早瀬を叱咤激励する恵麻は、だんだんと越えてはいけないラインを越えてしまい、最終的には、人格否定と同義の罵倒にすり替わってしまったのだ。

首都圏に住む恵麻と地方都市に住む早瀬とのやり取りは、メッセージアプリのチャットや音声で行われていた。そして、新作プロット打ち合わせの音声会議でその事件は起こった。

早瀬航が、突如てんかん発作めいた痙攣を起こし倒れたのだ。

異常を察した恵麻は、すぐさま彼の親族に連絡を取り安否を確認してもらった。

そして、慌ててかけつけた両親が見たのは、床に倒れ、嘔吐と失禁に身を汚す息子の姿だった。

診断結果は重度の鬱病。

最初、恵麻も出版社も加害者意識はほとんどなかった。創作のストレスで鬱病を抱《かか》える作家はけっして珍しくないからだ。

しかし、早瀬航の卒倒は、思いもよらぬ大きな事件へと発展した。

彼の両親がパワーハラスメントを理由に出版社と恵麻本人を相手取り裁判を起こしたのだ。早瀬とのチャットや音声会話の記録はメッセージアプリに保存されており、怒れる早瀬の親はそれを揺るがぬパワハラの証拠として出版社に突きつけたのである。

当初、出版社側は恵麻を守り、ある程度は早瀬の親と争う姿勢を見せた。

しかし、コンプライアンスへの配慮、密かに恵麻の活躍を疎ましく思っていた男性同僚による悪質なリーク、さらにはファンからの激しい抗議やＳＮＳへの拡散もあり、出版社はやむをえず方針を転換した。

早瀬側と和解する一方、恵麻は懲戒処分となり減給のうえで子会社へ異動となった。その会社は出版関連ではあるものの、細々《こまごま》としたチラシなどを印刷する零細企業で、彼女は完全に出版業界から「干され」てしまったのだ。

もちろん、恵麻は版元編集者への復帰を目指しさまざまな努力を重ねた。だが、腫れ物となった彼女を拾ってくれる出版社はなく、失意のうちにただ年月だけが過ぎていった。

そして、八年後。三十路を超え、身体も心も疲弊しきった彼女に、突然古巣の出版社から呼び出しがあった。

大きな期待と興奮を覚えながら受けたその連絡は、しかし、彼女の想像を遥かに超えた破廉恥なものだった。

＊＊＊

卒倒事件を契機に、早瀬航は完全に出版社とは縁を切った。出版社側としてはなんとか人気シリーズの完結まではこぎ着けたく交渉を続けたが、早瀬の返事は「もう書けない」の一点張りだった。

そのうち出版社側も諦め、恵麻を放逐《ほうちく》したこともあり、早瀬の事件はアンタッチャブルな事案として蓋をされることになった。

そして月日が流れ、早瀬の事件が出版社内でも風化しかけた頃、とある小説投稿サイトに一つの作品が投稿された。その作品は、近年よくある異世界転生モノの小説で、サイトのＰＶ数一位を長期間維持するほどの人気作となった。

昨今の売れ筋を鑑《かんが》み、新たに異世界転生系の新レーベル起ち上げる計画もあった出版社は、新レーベルの目玉としてその作家を招聘《しょうへい》しようとした。

ところが、その交渉はひどく難航した。作者がまったく出版社を相手にしなかったのだ。そして、粘り強い交渉の末に、その作者がなんと早瀬航であることが判明したのである。

当時を知る社員は、これで招聘は断念せざるをえないと思った。しかし、事件後に就任していた事業部長は、あまりに空気を読まない指示を現場に下してしまったのだ。

曰《いわ》く、「この機会に早瀬航と完全に和解し、彼を招聘することでレーベルのイメージアップを図ること。また、そのためにはあらゆる手段を講じ、努力すべし」と。

現場はひどく混乱した。どんなに交渉したくても早瀬の返事は梨の礫《つぶて》だ。

そしてだんだんと、現場のヘイトはその場にいない篠原恵麻へと向かっていった。

「アイツだ、恵麻に責任を取らせよう」――そんな声が合言葉のように現場で繰り返し連呼されはじめた。

そして、進退窮まった現場責任者は、マトモとは言えない提案を早瀬航に申し出たのだった。

それは、「作品をいただけるのなら、以前あなたに迷惑をかけた篠原恵麻を、あらゆる身の回りの世話をする専任編集者として差し出す」というものだった。

その経緯と説明を受けた恵麻の心の中では、烈火の如き怒りが燃え上がった。

「ふざけないでくださいッ！　どうして私がそんな役目を!?」

八年ぶりに訪れた古巣の会議室で抗議する彼女に、顔見知りの担当社員は昏《くら》い疲労感を浮かべながら言った。

「この案件を上手く処理できたら、新レーベルの席も用意できるぞ？」

「それは……そんな約束、信じられません……」

「そりゃ、確約はできない。だが、これが版元編集に戻れる最後のチャンスだぞ」

「…………」

恵麻の中で、とてつもなく巨大な感情がせめぎ合った。

女としてのプライドを捨てて希望に賭けるか、あくまでプライドを守り版元編集への未練を断ち切るか、それは容易には決断できないものだ。

「……先方は、早瀬先生はどうおっしゃってるんですか……？」

「『篠原恵麻が来るのならば会う』とだけ、お返事いただいている」

「私が来るなら……？」

その言葉に、恵麻はひどく動揺した。

あの卒倒の瞬間から、早瀬とは顔を会わせてすらいない。何度謝罪に行っても、弁護士のみが対応し、会わせてはもらえなかった。

（謝る機会をくれるというの……？）

あの事件は、恵麻にとっても大きな傷痕として残っている。

それを、もし、清算することができるのなら、そして……。

「……わかりました、お引き受けいたします」

厳しい表情のまま恵麻は声を絞り出し、ぎゅっと両手を握った。決意を固めるように。

＊＊＊

通された居間のソファに居心地悪そうに座りながら、恵麻は落ち着かずに視線をあちらこちらに泳がせる。

「……無理だとは思いますが、そんなに緊張しないでください」

こちらも、いくぶん緊張が窺《うかが》える口調で早瀬が会話の口火を切ってくれた。

「早瀬先生……まずは、八年前の正式な謝罪をさせてください。先生の心の余裕も考えずに、身勝手な言葉ばかり言って申し訳ありませんでした……！」

立ち上がり、腰を直角に曲げて謝罪する。数秒後、恵麻の想像よりもずっと早く、早瀬から「頭を上げてください。謝罪を受け入れます」と声がかかり、恵麻はどっと緊張が抜けるのを感じた。

「は、はいッ！」

「ただ、俺の気持ちに折り合いがつくかどうかは別の問題です」

「そう、ですね……」

再びソファを勧められ、恵麻がその豊満な肢体を沈める。

「鬱病の期間も、そのリハビリも、俺にとっては苦痛の記憶です。なにより、物語を書けなくなったのが本当につらかった。キーボードに向かうと焦燥感と吐き気が再燃して、実際に何度も吐きました」

「それは……本当に申し訳ありません……」

想像よりも壮絶な早瀬の鬱体験に、恵麻が絶句する。自分の言動がそこまで人間を追いつめていたのかと、改めて後悔もする。

「今は復調しているので、鬱病については終わった話にしましょう。ただ、俺の心の中の、どうしようもないグツグツとした感情は、いつかどこかに吐き出したいと思っていました」

本題の、核心の話題の気配を感じ、恵麻の身体がわずかに固まる。

「俺はあなたを……恵麻さんを辱《はずかし》めたい。さんざんに嬲《なぶ》り、性の捌《は》け口としたい。それを承諾してくれるなら、あなたがたの提案を呑みましょう」

「そ、それは……」

覚悟はしていた。していたが、改めて面と向かって言葉で言われると、さすがに恵麻は言葉に詰まった。

女の尊厳を捨てろと、目の前の男は言っているのだ。

落ち着くために、眼を閉じて一度深呼吸をする。ここに来るまでに何度もこの場面をシミュレートはしていた。

「いくつか、質問があります」

恵麻は頭の中の質問リストを思い出し、ゆっくりと口を開いた。

「どうぞ」

「期間は……『愛妾契約』の期間はいつまででしょうか？」

「……三十日。ただし、その三十日の間は四六時中有効だと思ってください」

「性行為以外のことは？」

「住み込みで俺の身の回りの世話や家事もしてもらいます」

「……もし、私が先生のご要望に応えられない場合は……？」

「そのときはすべてご破算です。たとえ三十日目であろうと、俺が恵麻さんの態度や振る舞いに不満を感じたり、恵麻さんがギブアップしたりすれば、この話はご破算です」

心底厳しい、と恵麻は思った。三十日の住み込み家事労働はまだ耐えられるが、早瀬の機嫌を取ること、特に性行為に関しては強い不安がある。

恵麻は処女ではないし、それなりに男性経験は積んでいるが、早瀬の事件後は恵麻のほうから男性を避けるようになったせいで、完全に男日照りとなってしまった。

（セックス……私の身体、ちゃんと機能するのかしら……？）

肉体的には、三十代半ばの恵麻はまさに熟れ頃だろう。豊満な身体つきは男好きするものだとも思う。だが、そうであっても自信がない。

（いいえ、考えても仕方がない……今、この場にいるということは、やるしかないのよ、篠原恵麻……！）

強い決意を新たにし、恵麻はしっかりと眼を開いて早瀬を見た。

「……お受けします。三十日の『愛妾期間』、精一杯のご奉仕をさせていただきます。その対価として、先生の作品をいただきます」

その応答に、早瀬は、「はーぁ……」と明らかに緊張を解いた表情を見せた。

「……こんな荒唐無稽な契約を受けてくれてありがとうございます。……まー、そっちが提案してきたことですけど、作品の対価に愛妾とか、正直、常識を疑う提案ですね」

一気に砕けた早瀬の言葉に、恵麻は最初にあっけに取られた表情を浮かべ、次いで、やや怒気を含んだ声で言った。

「あのねぇ……こっちは清水《きよみず》の舞台から飛び降りる覚悟で言ったのよ？」

「すごいな、一瞬でタメ口に戻った」

「あ、いえ……すみません、気をつけます……」

「ま、恵麻さんらしいと言えば、らしいですけど」

苦笑した早瀬が、スッと右手を差し出した。恵麻も、やや戸惑いながらも右手を出し、二人はゆっくりと握手を交わした。その瞬間、早瀬は、ぐいっと恵麻の身体を自分に引き寄せ、しっかりと抱きしめた。

「ひゃん！　と、突然何ですか!?」

驚く恵麻の耳元で、早瀬が興奮を抑えきれない声で囁いた。

「今日は特別な夜にしたいので、俺が用意した服を着て寝室に来てください」

早瀬のその命令に、恵麻は諦めたように目を閉じて頷いた。

＊＊＊

コンコンコン……。

控え目な三連ノックをする。早瀬の「どうぞ」という応答のあと、滑り込むように部屋に入ってきた恵麻の身体は、薄い朱色のシルエットに包まれていた。

「うん、絶対似合うと思ってたんです。用意してよかった」

「は、恥ずかしいので、あまりジロジロ見ないで……」

恵麻が着ているのは、朱いシースルーのベビードールだ。

身体の周囲にカーテンを広げたようなそれは、薄い生地のせいで恵麻の肢体をまったく隠せておらず、非常に形のいい豊乳や、その頂点に慎ましく存在する乳首もはっきりと見せていた。股間を覆うショーツはこれも朱いTバックで、陰部を隠すというより、むしろ逆に注目を集めるような意匠となっている。

「いいですね、恵麻さんのそんな恰好と顔を見てると、条件をつけてよかったと心から思いますよ。さぁ、こっちに来てください」

早瀬の抗《あらが》えぬ命令に、恵麻は心を決めてゆっくりと歩を進める。

ベッドに座る早瀬の目の前まで来ると、彼は何の躊躇もなく、むにぃと恵麻の臀部を鷲摑《づか》みにした。

「ひっ……ちょ、そんな急に……ッ！」

「いいお尻じゃないですか、ちょっと垂れてますけど、弾力が素晴らしい」

「た、垂れてるはよけいですッ！　ひゃぁ！」

思わず反論した恵麻の口から悲鳴が漏れる。

それは早瀬が空いた手で、ショーツのクロッチ越しに秘裂を弄《いじ》りはじめたからだ。

「せ、先生……あの…」

「足をもう少し広げて」

急すぎる展開に混乱する恵麻をよそに、早瀬の言葉はあくまで簡潔で容赦がなかった。

強烈な羞恥に顔を真っ赤にしながら、それでも恵麻は従順に両足をV字に開いた。

瞬間、動きやすくなった早瀬の手がよりダイナミックに秘裂を刺激し、羞恥が頂点に達した恵麻は、とうとう「嫌ぁ……」と嗚咽《おえつ》を漏らしてしまった。

早瀬はそんな恵麻の反応を完全に無視し、ショーツの上から、くりくりと恵麻の秘裂を刺激しつづける。その手つきは強引ではないものの、確実な刺激を恵麻に与えていた。

「ん、と……ここがクリトリスかな？」

「うぅ……くぅ……」

「恵麻さん？」

「あぁ……そうです……指が当たっています」

「どこに？」

「私の……クリトリスに……」

恵麻に意識させるため、早瀬が淫語を強要する。それがわかっていながら、恵麻はどうしても妖しく湧き起こる欲情を意識せざるをえなかった。

(あぁ……私、感じてる……こんな男の指で弄られて、感じてしまっている……)

それを認めた瞬間、はっきりとした快楽が恵麻を襲った。甘く痺れる刺激が股間から体奥に走り、知らずおとがいが軽く反る。吐息に色っぽい鼻鳴りが混ざり、両腿が細かく震え、そしてついに、にちっと短く粘質な音が秘裂から漏れ出た。体奥から愛液が、とくとくと分泌されはじめたのだ。

「濡れはじめましたね」

「……ええ」

「感じてるんですね」

「……そうよ」

会話の最中も秘裂への刺激は続き、かすかに聞こえる程度だった粘音は、次第にそのボリュームを上げて、ぬちぬちとあからさまな音を立てはじめた。

「先生……下着が汚れちゃうわ……」

「気にすることじゃないと思いますけど、まぁいいか。それじゃ、脱いじゃいましょう」

そう言うと、早瀬はショーツの裾を摑むと、裏返すように引き下ろした。ショーツの裾は簡単に腰から抜け太腿にずり下がったが、愛液で秘裂に貼り付いたクロッチはなかなか下がらなかった。

「いい眺めですよ、写真に撮っておきたいくらいだ」

「馬鹿ッ、変態！」

思わず悪態をつく恵麻に下卑《げび》た笑みを送り、早瀬はさらにショーツを引き下げた。

とうとう、クロッチが秘裂からはがれ落ち、繋《つな》ぎとめていた愛液が名残《なごり》おしそうに数条の糸となって橋を架ける。十分にその光景を堪能した早瀬は、遠慮なしにショーツを恵麻からはぎ取ると、愛液に濡れたそれを無造作に、ぽんとベッドの上に置いた。そして、ベビードールの裾を胸元までめくり上げると、恵麻に持つよう命令した。

ショーツをはぎ取られた恵麻の股間が、外気に晒されわずかに震える。その恥丘に確かに茂る陰毛を、早瀬が指でつまんだ。

「これ、そのうち剃ります。いいですか？」

「好きにすればいいじゃない。あ、こらッ！」

恵麻の言葉の途中、股間をまさぐる早瀬の中指が、不意に秘裂の中心を捉えると、そのまま、ずぶりと第一関節まで潜り込んだ。

「ちょ、ちょっと！　もっと優しくしてちょうだい！」

「ずいぶんと言葉が悪いですね。いいんですか、それで？」

「くっ……優しくしてください……お願いします」

忸怩《じくじ》たる思いで恵麻が言うと、なぜか早瀬は嬉しそうに「ええ、わかりました」と答えた。そして、挿入した中指を中心に、リズミカルに、しかし繊細に、秘裂への愛撫を開始した。

　ちゅく、ちゅく、ちゅく、ちゅくと秘裂の浅い場所で、まるで琴の弦を弾くように指が動く。同時におもむろに動く反対の手が、恵麻の豊満な胸へと伸びる。カップ数で言えばGカップはあるだろう。やや垂れ気味の爆乳は、男の手で鷲摑みにされると、ゴムまりのようにその形を変えた。

「うぅ……おっぱい……そんなに強くしないで……」

　もう何年ぶりかもわからない異性の愛撫に、恵麻の情欲が確実に高まっていく。そして、乳首を、お尻を、おへそを、そしてクリトリスを、早瀬の指はランダムでいて、しっかりと刺激していく。それは、甘く巧みな愛撫だった。快感の波を決して止めず、にもかかわらず単調にならず、ただひたすら官能を高める愛撫。

（嘘でしょ……なんでコイツこんなに上手《うま》いのよ……！）

　初めは断続的に響いていた快感は、すでに下半身全体を甘く包むほどに広く強くなっている。分泌される愛液の量も徐々に増え、それと比例して恵麻の口唇から洩れる吐息も甘さを増す。

「はぁ、はぁ、はぁ……あぅん……んぅ……」

　ただ犯されるだけ——この部屋に来る前の恵麻は、単純にそう思っていた。しかし、破廉恥な恰好を強要されつつも、男の行為は丁寧な前戯そのもので、それが恵麻を大いに混乱させた。このままでは堪《こら》えきれずにイカされてしまう。それは恵麻にとって、ひどく癇に障《さわ》ることだった。

「せ、先生……あの、その……ッ！」

そのことを直感した恵麻が早瀬に声をかけると、彼は「何です？」と短く答えた。

「もう、十分に……あのぅ、準備できましたから……」

本心を隠して次のステップを促《うなが》す。しかし、早瀬はチラリと恵麻の表情を見ると、

「そのまま、その姿勢で立っていてくださいね」と素っ気なく返した。

「でも……」

「もし、姿勢を変えたらお仕置きしますから」

「お、お仕置き!?」

あまりに不穏なその言葉に恵麻が狼狽《ろうばい》するが、次の瞬間、股間からの強烈な快感刺激に頭が真っ白になる。

早瀬の中指薬指のすべてが恵麻の膣内に潜り込み、ぐぽぐぽと膣から愛液を掻き出すように曲げ伸ばしされたのだ。それは恵麻のGスポットを責める動きで、準備ができていた恵麻の官能にトドメを刺すものだった。

「あッ！　それ駄目ッ！　駄目ぇ!!」

身体がわずかにくの字に曲がり、反射的に内腿が閉じそうになる。

しかし、男の手はそれを許さず、ここを先途《せんど》とばかりにより激しく指を動かす。

「ひっぃ！　あぁ、イ、クぅ……」

津波のように訪れた絶頂が、恵麻の口から女の告白となって漏れ出る。両腿と臀部が、ぶるぶると震え、股間から滴った愛液が、ぼたぼたと床を濡らした。

「派手にイキましたね。可愛かったですよ」

やけに呑気に話す早瀬を、恵麻は羞恥と恨みを込めた視線で睨《にら》んだ。

＊＊＊

（こんな男にあっさりイカされた……くやしい、くやしい……ッ！）

この「愛妾契約」の期間、恵麻はどんな扱いを受けようとも、絶対に心は動かさず、あくまで冷静に、破廉恥な行為に対処するつもりだった。しかし、それが初日の、しかもほとんどファーストコンタクトの愛撫で、あっさりと崩れてしまった。

自分の中の「オンナの部分」が悔しく、また、それを簡単に曝《さら》け出した早瀬が憎らしかった。

「恵麻さん、いちおう、主人がイカせたんですから、愛妾として『ありがとうございます』の一言くらい言えないんですか？」

そんなの嫌だ！　と恵麻は心の中で叫ぶが、「愛妾」の二文字が、嫌でも自分の立場を思い知らされる。

「……………ありがとうございます」

「イカせていただきありがとうございます、ご主人様。でしょ？」

「ッ……!!　い、イカせていただき、ありがとうございます……ご主人様ッ！」

とてつもなく複雑な感情を、なんとか押し殺して言う。

言葉に出せない感情が涙となり、恵麻のまなじりから細く、つぅと伝っていく。

「くく……今の表情、最高にいいですよ。すごく興奮する」

「あなたは…ッ！」

「さぁ、恵麻さんの望みどおり、本番といきましょう」

「望んでなんかいません！」

「それはあなたの身体に聞きますよ。さ、ベッドの上に四つん這いになってください」

そう命令され、恵麻はノロノロと身体を動かし、ベッドの上で言われたとおりの姿勢になった。

「こんな格好で……どこまで私を辱めれば気が済むの、この変態……！」

思わず悪態をついた恵麻の後頭部を、不意に早瀬が鷲摑みにした。

そして、恵麻が慌てる暇《いとま》もなく、彼女の頭をベッドに押しつけると、耳元で底冷えするような冷たい声で囁いた。

「この程度で変態なんて言ってたら、恵麻さん、保《も》ちませんよ」

「そ、それは……？　あうッッ!!」

恵麻の疑問の声は、しかし、背後から貫かれた強烈な一撃をもって無散した。早瀬がすでに怒張していた肉棒を、濡れそぼった恵麻の秘裂に、一突きで深々と突き刺したのだ。

「あッ!!　そんな、いきなりッ!!」

己《おのれ》の体奥に突如として乱入した男の器官に、恵麻の思考は完全に打ち砕かれた。

しかも、その肉棒は、これまで恵麻が経験したことがないほど、太く、長く、巨大なものであった。

（お、大きすぎるぅッ！　こんなデカチンだなんて聞いてないッ！）

「お、奥までぇ……ッ？」

「ああ、確かにこの感触は子宮ですね。一度イッたから降りてたのかな？　恵麻さんは子宮口を突かれるの、好きですか？」

「し、知らないッ！　そんなの、されたことないぃ！」

「それじゃ、身体に聞いてみましょうか……！」

男の両手が恵麻の腰をがっちりと掴む。「待って」という声が恵麻より出るよりも早く、早瀬の腰が軽く引かれ、そして、何の躊躇も遠慮もなく、ばちんと男の前腹部と女の臀部が激突した。

「ひぃゃぁぁ!!」

最初はただの衝撃だった。お腹の中で、ごつんと何かがぶつかる衝撃。

そして、次の瞬間には、痛みと快感が同時に恵麻の思考を染め上げた。

「あッ、あッ、あッ、あッ！　ちょ、ちょっと待ってぇ！　お願い、止めてぇ！」

「…………………ッ!!」

女の息も絶えだえな懇願を無視して男は無言で腰を何度も打ちつける。逃れようと身をよじるが、男の逞しい両手ががっちりと腰を掴んでいて離してくれない。

「あっ、あっ、あっ、あん、あぁ、あん、ぁん、うぁん!!」

次第に、恵麻の悲鳴が、蕩けた女のそれに変わる。結合部からは、じゅぶじゅぶと愛液が噴出し、ピストンの合間に覗く肉棒が、てらてらと妖しく光った。

（こんなの……ッ　こんなの聞いてないッ！　こんなのぉ!!）

絶頂する肉体への諦観と後悔、早瀬への対抗心と反抗心、そして、女として男の行為を悦ぶ確かな色情が混在し、せめぎ合い、そして最後に、女の色欲がすべてを塗り潰した。

「……せんせぇッ！　イキますッ!!　またイキますッ！　イクぅッッ！」

自然と、絶頂の報告が口から出る。瞬間、恵麻の膣内が、ぎゅぎゅと強烈に締まり、絶頂の波を肉棒に伝える。

しかし、男の動きは止まらなかった。

「ッッ!?　イッた！　イキました、先生！　イキましたから、止めてください！」

「俺は、まだ、イッてないですからッ！」

「そ、そんなぁ!!」

早瀬の荒々しい宣言に、恵麻は完全にトドメを刺された。

「み、認めますッ！　子宮突かれるの好きですッ！　あぁ、ダメぇッ!!」

「ははッ！　恵麻さんがそんな声出すなんて！　すげぇ興奮します！　子宮突かれる

のが好きなんですね！」

「好きよッ！　気持ちよすぎて狂っちゃうッ！」

「それじゃ！」

早瀬が恵麻の耳元に耳を寄せる。そして、ひときわ強く、ばつんと体奥に肉棒を突き刺すと、鈴口と子宮口とが接触した姿勢で動きを止めた。

「ひ、ぐ……あ、止めてくれて……？」

「素直に言えたご褒美に、膣内にたっぷり出してあげますよ」

声が耳孔から脳に響いた瞬間、恵麻は体奥に強烈な〝熱〟を感じた。それが男の射精だと気づいても、しかし、恵麻は拒絶の意思を示すことはできなかった。なぜなら、彼女は、子宮口に精液の奔流を感じたその瞬間に、

「イクゥウウウウウッツッツッ!!」

この日最大のオーガズムを迎え、涙と涎でぐちゃぐちゃになった顔をベッドに埋《うず》め、意識を飛ばしてしまったのだった。

第二章　過ちの代償は変態調教

なにか酷い悪夢を見ていた気がする。

まどろみから目を覚ました恵麻が最初に感じたのは、そんな朦朧《もうろう》とした記憶だった。

「……う、身体、痛い……」

そして、やけに重く感じる身体をほぐすように動かし、そこで恵麻はようやく昨夜の記憶を鮮明に取り戻した。

「あ……私、さんざんに犯されて……！」

恐るおそる、自分の恰好と身体を確認する。衣服は昨夜着ていた朱いシースルーのベビードール。ただし、ベッドに置かれたはずのショーツは見つからない。身体も昨夜そのままだ。陰毛には乾いた愛液がこびりついており、おそらく膣内には精液が注がれたままだ。

「ヤリっぱなし、出しっぱなしとか……最低……」

早瀬の姿は見当たらない。部屋のカーテンは開かれており、磨りガラスを通して陽光が部屋の中に差し込んでいる。時刻は午前七時の少し前、とりあえずベッドから降りた恵麻の眼が、机に置かれた一筆便箋を捉えた。

『ジョギングに行ってきます。先にシャワーをどうぞ。時間があれば朝食のサラダの準備をしておいてください』

小動物がデザインされた妙にファンシーな便箋と、妙に達筆な早瀬の文字に、恵麻は一言「キモい……」とだけ呟《つぶや》いた。

「健康アピール？　少女趣味？　なんにせよキモいわね……」

精神的にもかなり調子を取り戻したのだろう。恵麻の口から次々と悪態が出てくる。

「……シャワーのくだりは好印象だけど……」

しかし、悪態の次に出てきたのは、恵麻本人にもよくわからない、早瀬へのフォローだった。

少し迷ったが、そのままの恰好で風呂場に向かった恵麻は、適温のシャワーを浴びてようやくひと心地ついた。昨日から心身共に溜まった緊張と疲労が、ゆっくりと溶けていくように感じる。水量を落として股間にシャワーを当て、少し躊躇したあと、膣内を指で掻き出すと、どろりと白濁した精液が手のひらに、どぷりと落ちた。

「く……こんなに注いで……ピルを飲んでおいてよかった……」

恵麻は「愛妾」の準備として低用量ピルを処方してもらい服用していたし、そのことは早瀬にも伝えてある。いちおう、念のためにアフターピルも処方してもらっているが、身体への影響を考えるとあまり使いたくはない。

「スキン着けてって言っても、無駄でしょうね……」

はぁとため息を吐くと、恵麻はボディソープを手に取り、身体を洗いはじめた。

＊＊＊

「ただいま。おはようございます、恵麻さん」

「あ、えー、あー……お、おはようございます……」

シャワーから上がった恵麻が、指示どおりにサラダの準備をしていると、いつの間にかジョギングから帰った早瀬が不意に現れた。

とっさに丁寧な応答ができず微妙なセリフとなったが、早瀬は特に気にすることもなく「シャワー浴びてきます」と、さっさと浴室に消えていった。

ほどなく、恵麻がサラダを作り終えるころには早瀬はリビングに戻り、特に何も言わずに朝食の準備を始めた。どうも、ジョギングの最中に買ってきたらしく、ダイニングテーブルには焼き立てと思われる香りのいいパンたちが整然と並んでいた。

「いつも朝食はこのパンを食べるんですか？」

「いえ、せっかくだったので買ってきました。食べましょう」

「は、はぁ……」

何がどうせっかくなのかはわからないが、焼き立てのパンが嫌いな人間などいない。早瀬の対面に恵麻が座ると、早瀬が「いただきます」と声をあげて朝食が始まった。

互いに黙々とパンとサラダを食べる。

本当ならば恵麻から「美味しいパンですね、ありがとうございます」くらいのお世辞は言うべきなのだろうが、恵麻は他のことに気を取られてしまっていた。

(腕、太い……え、こんなにゴツかったかしら、この人……?)

シャワー上がりの早瀬は袖の短いTシャツ姿で、露出された上腕の筋肉が、パンを取るたびに見事に盛り上がる。

(八年前はもっと太っていた典型的なオタクだったのに……何があったのよ、この八年間で……)

そこまで考えて、ああ、そうか、いろいろあったのだ、と恵麻は不意に早瀬の変化を理解した。

いろいろあったのだ、自分と同じように。

「…………このパン美味しいですね、わざわざ買っていただいてありがとうございます」

「ん……そうですか? 美味しいならよかったです」

素っ気なく答えた早瀬の表情は、ホッと安堵しているように見えた。

＊＊＊

「食器を洗い終わったらコーヒーを淹《い》れてください。豆は冷蔵庫に、ミルとメーカーはそこにあります。できたら仕事部屋に持ってきてください」

　口早にそう指示すると、寝室とは別の部屋に早瀬はさっさと入っていった。

　その背中に「わかりました」と素直に声をかけると、恵麻は言われたとおりに食器洗いを済ませ、ミルで豆を挽き、ペーパードリップでコーヒーを淹れると、手ごろなお盆にコーヒーカップを二つ載せて仕事部屋の前に立った。

　トントントンとドアをノックしたあと、声をかけてドアを開く。室内では早瀬が二人掛けほどのソファに座って、やけに枚数の多いプリントアウトの束を手に持っていた。

「ああ、ありがとうございます。コーヒーはここに、恵麻さんも座ってください」

　ソファ前のローテーブルにコーヒーを置くと、恵麻は覚悟を決めて早瀬の隣に座った。

（ふぅ……たぶん、今からまたセックスを強要されるでしょうね……それとも、別の奉仕でも強要されるのかしら？）

やけに強気な覚悟をもってソファに座った恵麻に、しかし、早瀬は手に持っていたプリントアウトを差し出した。そして、恵麻の思考とは別次元の言葉が、早瀬の口から飛び出した。

「これの文章校正をお願いします。ノベライズ用に加筆した『くくリ』の一章ラフです」

「は……え……？　校正……？　私が？」

「私がって……恵麻さん、編集者でしょう？」

「あ、はい……ソウデスネ……」

恐るおそるプリントアウトを受け取る。それは果たして、恵麻が、出版社が涎を垂らす思いで望んでいる早瀬航の生原稿だった。

「で、でもこれは、成功報酬では……？」

「そりゃそうですけど、空手形で恵麻さんを酷使するのは、あまりに酷いでしょう？」

突然の展開に恵麻はかなり混乱しながら、しかし、骨身に染みついた文芸魂が、否が応にも恵麻を興奮させる。

「……原稿、直させていただきます。ええと、赤鉛筆とマーカーと……」

「そこの筆立てにありますよ」

「ありがとうございます！　では……」

恵麻が視線をスッと原稿に落とす。とたんに、沁み込むように早瀬の物語が恵麻の中に入り込む。もちろん、恵麻は事前にＷＥＢ掲載された作品を熟読している。だからこそ、このラフがＷＥＢ版とは大きく異《こと》なる物語であることにすぐ気づいた。

（なるほど、横書き短文のウェブ小説と比べて長文の描写が増えているわね……でも決して読みづらいわけじゃないわ……ああ、エピソードも入れ替えるのね……あ、ヒロインの髪の色が違う⁉　イラストを意識してくれているんだわ。確かに、ブルネットよりも金髪のほうがカラーイラストに映えるものね……）

恵麻は心から嬉しかった。突然与えられた「編集者としての仕事」に舞い上がった。この八年間、忸怩《じくじ》たる思いで出版外の仕事に従事し、触れたくとも触れられなかった生の原稿に触れることができている。しかも、それは口にこそ出さないが、恵麻にとってその才能を認め、育てた人間が書いた原稿なのだ。

チラリと恵麻が早瀬の顔を盗み見る。自分のすぐ隣で何気なくコーヒーを飲む早瀬の顔は、少し緊張しているように思えた。

（先生、ありがとうございます……！）

言い表せぬ好感情が恵麻に生まれる。それほどに八年間の徒労の生活と、八年ぶりに触れる早瀬の原稿は、恵麻にとって大きすぎるものだったのだ。

しかし、ゆえに、だから……彼女は、タガを外してしまった。

＊＊＊

「………ここ、ダメね」

短く呟いた恵麻が、赤鉛筆で大胆に三行まるごと文章に斜線を入れた。

「え…？」

「表現が陳腐。空の広さを意識しているんでしょうけど、奥行きばっかりで高さがない。もっと空の高さを意識して」

「あ、はい」

「ここぉ、重複表現！　強調しているつもりなんでしょうけどクドいって、昔から何度も言ったでしょう？　直して」

「恵麻さん」

早瀬の声色《こわいろ》が変わる。が、恵麻はそれに気づかない。

「メインヒロインをもっと動かして。たぶん、サブヒロインのほうが気に入っているんでしょうけど、描写の比率をもっと下げないとメインが映えないわ」

「…………」

「んー、これじゃ七十点ね、もっと直すところ直して……」

「はい、ストップ」

滔々《とうとう》と語り容赦なく赤鉛筆を入れる恵麻を、早瀬は短く制した。

言葉だけでなく手も動き、恵麻の豊乳の頂点を器用に捉えると、わずかに力を入れて、きゅっと抓った。

「痛ッ！　なにすんのよ？」

「いや、こっちのセリフなんだけど？」

「なに、が……」

瞬間的に激昂した恵麻の顔が、次の瞬間にはみるみるうちに青ざめていった。

今、自分は、過去と同じ過《あやま》ちを犯そうとしていたのではないか？

「あ、私……その……」

「恵麻さんのご意見はよくわかりました。お気持ちもよくわかりました」

「わ、航くん、聞いて！　その！」

「昨日！　なんて言ってましたっけ？」

初めて、早瀬の声が荒くなった。

その声色に明らかな怒りを感じ、恵麻は恐怖に打ち震えた。

「昨日、は……」

「俺の気持ちの折り合いをつける、とそう言いましたよね？」

「はい……」

「こんなんで、折り合いつくと思います？」

「…………ッ！」

思いつめた恵麻はやおらソファから立ち上がると、腰を垂直に曲げて頭を下げた。

「ごめんなさい！　ごめんなさい!!」

「このまま帰ってもらってもいいんですけど？」

「それだけは……許してちょうだい……あんまり嬉しくて、調子に乗っちゃったの」

消え入りそうな声で恵麻が言う。

「嬉しいって、何が？」

「航くんの生原稿を最初に読めて、それに、この八年間で編集らしい仕事ができたの、初めてだったから……」

「そうですか」

ほんの少しだが、早瀬の雰囲気が和らぐのを感じ恵麻は一息をつくが、もちろん気を抜けるはずはない。

「……校正を頼んだのは俺ですし、意見やアドバイスももちろん歓迎します、ですが、八年前の二の舞だけは死んでも御免です」

「…………ええ、わかっています」

数秒、早瀬は考え込んだあと、恵麻に向き直るとまだ興奮が抜けない口調で告げた。

「口で言ってもわからないようですから、〝お仕置き〟をします」

「お、お仕置き……？」

恵麻の脳裏に、遠い過去に級友とふざけ合ってやったごっこ遊びが思い浮かぶ。だが、もちろん早瀬が課すのはそんな生易《なまやさ》しいものではないのだろう。

しかし、逆に恵麻は救われたようにホッとした。何をされるのかわからないが、お仕置きを受ければ、放逐《ほうちく》は許されるのかもしれないのだ。

「ちょっと取ってくるものがありますから、恵麻さんは座って待っていてください」

そう言うと、早瀬は不安げにソファに座る恵麻を尻目に、仕事部屋から出ていった。後ろ手でドアを閉め、そして、何か堪《こら》えられないような表情で天を仰ぐ。

「『航くん』は、反則ですよ、恵麻さん……」

どうしようもない劣情が沸き起こるのを、早瀬は感じていた。

＊＊＊

五分もしないうちに戻ってきた早瀬の手には、恵麻にとってはあまり見慣れないものが握られていた。ただし、見慣れていないだけで、恵麻にはその用途と、自分がどういう〝お仕置き〟を受けるのかをはっきりと想像することができた。

早瀬の手にあるのは、大人用のオムツとイチジク浣腸器だったのだ。

「そ、そんなものを使うつもりなの……!?」

「はい、お仕置きですから。といっても、いつかは使うつもりでしたので早いか遅いかの違いだけです」

その異常性を隠すことなく早瀬が飄々《ひょうひょう》と言う。

「いつかは使うつもり」という言葉に不穏なものを感じながらも、恵麻は早瀬に命令されるがままにソファで四つん這いになった。そして、早瀬が遠慮なく恵麻のズボンとショーツをまとめて引き下ろし、そのまま恵麻からはぎ取った。

「あッ……！」

「お仕置きの内容ですけど、今から浣腸をします。恵麻さんは我慢している間に口を使って俺をイカせてください。フェラチオ……口腔奉仕の練習ですね。上手《うま》くイカせられたらトイレに行っていいですよ」

「い、イカせられなかったら……？」

「だからオムツを準備してるんでしょ？　さ、入れますよ」

「ま、待って！　わ、私そんな経験……ああッ!!」

思わず制止しようとする恵麻を無視し、早瀬は少しの躊躇《とまど》いもなくイチジク浣腸の先端を恵麻の肛門に、ぞぷりと突き刺し、恵麻の「ひぃッ!!」という悲鳴を合図に基部を握り潰した。五十パーセントのグリセリン溶液が、あっという間に恵麻の直腸に流れ込む。その異常で怖気《おぞけ》の走る感触に翻弄されるうちに、今度は大人用オムツを強引に履かされてしまった。

「さあ、準備ができましたよ。奉仕を始めてください。あ、始める前には、ちゃんと『ご奉仕いたします』って言うんですよ」

「そんな、うぅ……」

恵麻の下腹部で、わずかに腸が蠕動《ぜんどう》する。浣腸は初体験で、いつまで耐えられるのかわからない。

（それに、お口で奉仕だなんて……）

口腔奉仕の経験はまったくない。しかし、何もしなければ大人の女性として耐えがたい恥辱が待っている。

（やるしかないわ……手早く済ませないと……）

「ご、ご奉仕いたします」

言われたとおりに口上《こうじょう》を言い、早瀬が自分にしたようにズボンとパンツをずり下げる。すると、すでに硬く勃起していた肉棒が、ぴょんと大きく跳ねて現れた。

「ひっ、く……」

その長大なイチモツに圧倒される。

（デカ……なんて大きさなの……しかも、長すぎ……こんなものが昨日私に挿入《は》いってたなんて……ッ）

躊躇うのも束の間、恵麻は決死の覚悟で大きく口を開け、早瀬の肉棒を咥え込んだ。

「うごぅ……おぅ……！」

（お、大きい！　先生のチ×ポ、大きすぎるわッ！）

思いきり口を開けて頬張っても、肉棒の半分も咥えていられない。

「勢いはいいですけど、絶対に歯は立てないでくださいよ」

「ふぁい……」

口を動かさず呼気だけでなんとか返事をして、恵麻はゆっくりと顔を前後に動かす。拙《つたな》い知識で男の感じるポイントを思い出しながら、舌を苦労して動かして亀頭を刺激した。

「んー、予想よりは上手いですけど、やっぱり下手《へた》くそですね。もっと舌を動かしてください」

身勝手な男のセリフに、しかし、恵麻は従順に従うよりほかにない。元より口腔奉仕の経験などないのだ。早瀬の言葉を少しでもヒントにして「口を動かす」しかない。

再び口奥まで呑み込んだ男の亀頭を、舌の基部で擦るように舐め上げる。とたんに強烈な吐き気が恵麻を襲うが、なんとかそれを耐える。

（早く、早く、早くイッてちょうだい……ッ！）

その一心で頭と口と舌を必死に動かす。早瀬も少しは感じているのか、「いいですよ、恵麻さん、気持ちいいです」と今の恵麻にとってはありがたい言葉をかけてくれた。

「……ぷはっ、はぁはぁはぁ、先生……気持ちいいですか……？」

「はい、だんだんよくなってきました。恵麻さん、才能あるんじゃないですか？」

「必死なだけよ！　……続けるわ、絶対に我慢とかしないでね！」

本当に余裕がないのか、タメ口にも気づかず恵麻が口腔奉仕を再開した。

じゅぽ、じゅぽじゅぽと恵麻の唾液が淫靡な音を立て、じゅる、じゅるると舌がリズミカルに亀頭を刺激する。確実に早瀬の情欲は昂《たかぶ》っている。このまま根気強く恵麻が続ければ、あるいは早瀬は射精したのかもしれない。

だがしかし、そんな時間も余裕も、恵麻には与えられなかった。

ぐるるるるるる……。

「ッッッッッ!!」

「痛ッ！」

早瀬の耳にも聞こえるほどに恵麻の大腸が大きな音を立てて蠕動し、そのあまりの衝撃に恵麻は図らずも肉棒を甘噛みしてしまった。

「あ、ごめんなさ、いぃぃぃ……!!」

謝罪の言葉も途中で消えるほどの強烈な腹痛が恵麻を襲う。もう口腔奉仕どころの話ではない、必死に肛門をすぼめるが、気を抜いたらすぐにでも出てしまいそうだ。

「せ、せんせぇ……お願い、トイレに……」

「……まだ、俺はイッてないですよ」

「そんな……くっ……」

早瀬の冷酷な宣言を受け、恵麻は力を振り絞って三度肉棒を咥え込んだ。しかし、絶え間なく襲いかかる腹痛と便意の中では、彼女の口は肉棒を咥えたまま何も動かすことができない。

(もう無理、出ちゃう、出ちゃう……!!)

力なく肉棒を口から吐き出し、許しを請うように早瀬を見上げる。

すると早瀬は、何を思ったのか身をかがめると、恵麻をその逞しい両腕で抱きしめ、あろうことか今まで己の肉棒を咥えていた恵麻の口唇に、己のそれをそっと重ねた。

(え……キス、なんで……?)

当然、二人にとってはファーストキスだ。すでに性交は済ませているとはいえ、それは恵麻にとって特別な何かのように思えた。

そして、

「いいですよ、恵麻さん。我慢せずに出してください」

そう言うと、早瀬は恵麻を抱きしめたまま、恵麻の下腹部を、ぽんと軽く叩いた。

恵麻の我慢を破るには、それは十分な刺激だった。

「あ……」

呆けたような恵麻の声のその刹那、

ぶりゅりゅりゅりゅりゅ!!

明らかにソレとわかる破裂音と共に、恵麻の肛門から夥《おびただ》しい量の糞便が噴出した。

＊＊＊

「ごめんなさい、ごめんなさい……」

長い脱糞が終わったあと、恵麻の口から出たのは謝罪の言葉だった。

早瀬が丁寧かつ迅速に排泄物の後処理をする間も、恵麻は両手で顔を覆って「先生、ごめんなさい……」と呟いていた。

「先生の仕事部屋を……う、うんちで汚しちゃって……」

「汚れてないですよ。オムツが全部受け止めてくれましたから」

口では冷静に語りながらも、早瀬の内心は軽く動揺していた。

(あの恵麻さんがしおらしい！　浣腸ってすげぇなぁ……)

早瀬は恵麻に対して決して消せない憎悪を持ってはいるが、それと同時に、ひどくねじ曲がり歪んだ好意も抱いている。愛妾として、欲望のすべてをぶつけるつもりだが、飴と鞭はきちんと使い分けるべきだとも思っていた。

「先生……まだ、その、出そうな感じ……」

恵麻が不安げに下腹部を撫でる。

「それじゃ、お風呂行きましょうか」

「え、お風呂？」

「はい、洗腸しましょう。こんなこともあろうかと、さっきお風呂のスイッチは入れておきました」

「いつの間に……お掃除とか準備とかは？」

「朝、シャワーを浴びたときについでにやっておきました」

「なるほど、そういうことなのね……わかったわ」

半分呆れたような、そして半分は諦《あきら》めたような表情で、恵麻は力なく頷いた。

＊＊＊

浴室にて、早瀬が手際よくガラス製浣腸器を準備している。その手際のよさをいろいろと詰問したいが、また早瀬の機嫌を損ねるのが嫌なので何も言わない。

「よし、壁に手をついて、お尻をこっちに突き出して」

「……はい」

言われたとおりに壁に手をつくと、不意に早瀬の指が恵麻の肛門を、ぐにと押したので、恵麻は「ひゃん！」と思わず可愛い声を漏らした。

「あ、あの、せめて声をかけて！」

「ローションを塗っただけですよ、それじゃ、温水入れますよ」

飄々と答えた早瀬が、手に持ったガラス製浣腸器の嘴管を恵麻の肛門に潜り込ませる。

「うぅ……」

しっかりローションを塗られているせいか、イチジクほどの違和感はない。しかし、次の瞬間、早瀬が浣腸器のピストンを押して、中の温水が直腸に流入しはじめると、イチジクとは比べものにならないその水量の圧迫感に、恵麻の全身に鳥肌が立った。

「ど、どれくらい入れるの?」

「最初は二百cc。慣れてきたら増やします」

増やさなくていい、と言いたいが、言えるはずもない。

早瀬は手早く温水の注入を終えると、慎重にガラス製浣腸器を洗面器の中に置き、本人は浴槽の縁に腰かけた。

「さて、せっかくなのでリベンジどうぞ」

「え? ああ……わかりました」

最初、何のことだかわからなかった恵麻だが、早瀬の股間を見た瞬間に理解した。

「……ご奉仕いたします」

悔しいことに口に慣れた口上を言うと、早瀬の股間に跪《ひざまず》いて、先ほどと同じように早瀬の肉棒を口に咥える。

じゅぷ、じゅぷ、じゅ……。

イチジクのときとは違って、今回はかなり余裕がある。口腔内で怒張する肉棒を舌で丹念に舐め上げ、歯が当たらないように気をつけながら顔を前後に動かす。

「う……さっきよりさらに上手《じょうず》になっていますよ。恵麻さんすごいですね」

「ぷはっ、コレで褒められても嬉しくないいんですけど？」

「素直じゃないなぁ。でも、恵麻さんらしいと言えば、らしいですけど」

「……悪かったわね、素直じゃない女で」

「さっきはすごく可愛かったのに」

「あのときはッ！」

「お口がお留守になってますよ」

「………ッ　かぷっ！」

不満顔のまま、しかし、恵麻はさらに丁寧に、激しく、口腔奉仕を再開した。

「嬉しくない」と口では言ったが、早瀬とほんの少しだが普通に会話をできたことに、恵麻は安堵していた。

自分の贖罪はまだまだ済んでいない。こうした早瀬との性行為や変態行為に付き合うことでそれが少しでも果たされるのなら、それは自分にとっても好ましいことだと、恵麻はそう感じはじめていた。

＊＊＊

結局、口腔奉仕だけでは早瀬をイカせることはできなかった。

我慢できない旨を恵麻が伝えると、今度はきちんとトイレでの排泄を許可され、強い安堵と解放感を味わいながらトイレで便混じりの温水を排泄する。そして戻った浴室で再び温水浣腸を受け、口腔奉仕を再開する。その流れを都合五回繰り返したあとに、とうとう恵麻の肛門から噴出する温水が透明なものとなった。

「よし、もう温水しか出ませんでしたね。渋り腹はどうです？」

「それはほとんど治まりましたけど……あの、先生、その……うんちの臭いとか、平気なんですか？」

「自分が仕出かしてることの後始末ですから、そりゃ平気ですよ」

「なるほど、そういうことですか」

どうやら、恵麻が知っている過去の早瀬と同じく、この男は真面目であることは変わっていないようだった。

（いろいろ変わっているところはあっても、本質は変わってないのね、この人）

そう結論を出すと、恵麻は数瞬だけものすごく悩み、やおら早瀬に背を向け、浣腸と同じように再び浴室の壁に手をつき尻を突き出した。

「あれ、もう浣腸は終わりですよ？」

「先生……これだけ露骨に責められたら、さすがに何をなさりたいのかわかります。お尻の穴……お使いになりたいのでしょう？」

横顔だけ見える恵麻の顔が、赤く染まる。

何度も浣腸されて、自分でも肛門が緩んでいるのがわかる。

ここまでされたら、さすがにわかる。

「……ズバリ聞きますが、恵麻さん、アナルセックスの経験は？」

「ありません。弄《いじ》ったこともないです」

直截《ちょくせつ》に尋ねる早瀬に、恵麻も率直に答える。

「……寝室に行きましょう。ここだと風邪をひきます」

そう促《うなが》され、恵麻は上気した顔のまま、こくんと頷《うなず》いた。

＊＊＊

てっきり四つん這いにされるとばかり思っていたが、早瀬が指示した姿勢は横向きに寝ること、いわゆる側臥位だった。

「なんで横寝なんです？」

「この姿勢が身体への負担が少ないんです。本当は浣腸もこの姿勢がいいんですよ」

「は、はぁ……」

強引にアナル破瓜《はか》の流れだと思っていた恵麻は、曖昧に答えることしかできない。

「ローションを塗ります。今回は温めていませんので、ちょっと冷たいですよ」

「わ、わかったわ……ひゃん！」

身構えていたものの、早瀬の言うとおり肛門に塗られたローションは意外に冷たく、恵麻は再び可愛い悲鳴をあげた。

「最初は肛門をゆっくりマッサージします。ぐりぐり揉みますよ」

「い、いちいち言わなくてもけっこうです！　そっちのほうが恥ずかしいです！」

「……恵麻さんのお尻の穴、俺のち×ぽが入るくらいのゆるゆるケツマ×コにしてあげますね」

「こ、この……！」

明らかにわざとな早瀬の言い方に、恵麻がなおも文句を言おうとする。しかし、肛門に発生した妖しい刺激がそれを完全に封じた。

肛門愛撫が始まったのだ。

初めは本人が言うとおりに、ぐりぐりと肛門の皺を揉みほぐすような動きから始まった。ローションでヌルヌルになった排泄器官の出口を、やはりローションでヌルヌルになった男の指が、ぐにぐにと揉みつづける。それは、肉欲の快楽とは違った種類の、まさしくマッサージなどで感じる気持ちよさだった。

「あ……はぁん……はう……」

「お尻の穴を揉まれるの、気持ちいいでしょ？」

「う……そうね、意外だわ……」

たび重なる浣腸排泄を繰り返した恵麻の肛門は、本人の知らぬところで疲弊しており、そこを揉みほぐされるのは、疲労した筋肉をマッサージされることと同じなので、気持ちよくて当たり前だ。

「さて、この指から始めます。この指が入った瞬間から、恵麻さんの肛門は排泄器官じゃなく、二つ目の性器、ケツマ×コです。そこのところ、しっかり理解してくださいね」

「なにそれ、馬鹿げてる……」

「そうですね、馬鹿げた遊びです。でも、今の恵麻さんは俺のものです。馬鹿げた遊びにも、付き合ってもらいますよ」

そう言うと、早瀬は潜り込ませるように、恵麻の肛門に中指を第二関節まで挿入した。

「さあ、どこに指が入りましたか？　言ってください」

「やめてよ……そんな……」

「恵麻さん、どこに指が入っていますか？」

「もう、馬鹿……ケ、ケツマ×コよ……」

「もう一度。どこに何が入ってるんです？」

「ッ！　せ、先生の指が私のケツマ×コに入っています！」

「入っているだけですか？」

言葉に合わせ、肛門内の指が、くにくにと直腸壁を擦るように小刻みに動く。

「あぅ……中で……ケツマ×コの中で、動いてます」

「どんな感じです？」

「き、気持ち悪いわ……ああ、ごめんなさい、嘘よ、気持ちいいわ……その、ほんとよ」

実際、指を挿入される異物感はそうとうなものだが、直腸の浅い部分を、ぐにぐにと愛撫されると、妖しくも確かな快楽を恵麻は感じていた。それは恵麻も薄々気づいていたが、ここまで丁寧に女の肛門を、傷つけないように感じるようにと、馬鹿らしい言葉責めまで含めた男の努力の成果なのだろう。

(私を辱《はずかし》めたい一心なのか、それとも単に優しいだけなのか、どっちなのよ……?)

不意に沸き起こった早瀬への疑念を胸に抱き、恵麻は肛門から湧き起こる快楽を、次第に素直に受け入れていった……。

＊＊＊

肛門を愛撫する指はすぐに二本に増え、中指に人差し指が重なり、恵麻の肛門を拡張しつづけていた。

「あんッ！　先生、ダメぇ、そこは……」

「抵抗しちゃダメですよ。アナルに集中してください」

早瀬の手は肛門を愛撫しながらも、昨夜のオーラルプレイよろしく、恵麻の身体中の快楽ポイントを余すところなく愛撫していた。

乳房、乳首、膣、陰核、たまにうなじや背中、丸く大きな臀部……それらを、肛門愛撫を続けながら、早瀬は的確に刺激していった。

特に、直腸と膣内に左右の指を挿入され、直腸壁と膣壁とを双方から、ぐりぐりと刺激されたときは、恵麻は嬌声をあげて軽い絶頂に至ってしまったほどだ。

（指だけでこんなに……ダメ、期待しちゃう……）

チラリと早瀬の股間を盗み見る。完全に包皮が剝けエラ張ったグロテスクなデカチンが、否応なしに昨夜の悦楽を思い出させる。

「そろそろ指を根元までぶち込みますよ。教えたとおりにしてください」

「わ、わかったわ……ふーーぅ……」

早瀬の合図に、恵麻は息を長く吐きながら、しかし肛門周囲は力を入れて「いきみ」はじめた。

瞬間、早瀬の指を締める恵麻の肛門括約筋が、ふわっと緩む。その機会を逃さず、早瀬は指の根元まで一気に突き刺した。

「お、お、おぉぉぅ……」

排泄器官を逆流する男の指に、恵麻が野太い呼気を漏らす。

「いやらしい声出しますね、恵麻さん」

「これがいやらしいって、どういう感性してるの……？」

「まぁ、アブノーマルなのは認めますけどね。さて、三本目、このまま入れますよ」

「う、嘘ッ！　あ、やぁっ！」

早瀬は薬指を器用に折りたたむと、人差し指と中指とが埋まったままの恵麻の肛門に、やや強引に突き立てていった。

「い、ぎぃ……」

「恵麻さん、息を止めないで。トイレのときのようにいきんでください。そうすれば肛門が緩みますから」

「そんなこと、言ったってぇ……！」

恵麻の肛門が早瀬の三本指を、ぎゅ、ぎゅ、ぎゅと締めつける。が、しかし、この数時間で散々に調教された恵麻の肛門は、貪欲《どんよく》に男の指を咥え込んでしまっていた。

「指三本、根元まで入りましたよ。やりましたね、恵麻さん」

「嬉しくないぃ……」

言葉とは裏腹に、ぎちぎちに拡がった肛門のすぐ隣では、秘裂が、どろぉと粘っこい愛液を滲ませている。また、豊かな双乳の先端は硬く隆起しているし、全身のそこかしこが敏感になっている。

恵麻は、己《おのれ》が肛門性感に目覚めたことを、強制的にわからされてしまった。

「確認ですけど、イクときはちゃんとイクって言ってくださいね」

「お尻でイクなんて……そんなのありえないわ……」

「いつまでそんなこと言えるのか、楽しみですね……！」

わずかに早瀬の語尾に力がこもる。ぎちぎちに締めつけられた三指の先端を、力任せにくの字に曲げ、そのまま掻き出すように、直腸壁をこそぐように、小刻みなピストン運動を開始した。

「ひぎッ‼」

恵麻の直腸が蹂躙《じゅうりん》される。責められる直腸壁の先には、昨日さんざん責められ、精液を注がれた子宮があった。

（子宮をッ、裏側からッッ⁉）

もはや、恵麻には抵抗する気力も意思力も残っていなかった。炸裂するように昂る肛門性感に、恵麻は強い絶頂を予感した。

「い、イク！　もうイッちゃう…！」

恵麻がそう言ったその瞬間、しかし、早瀬は激しく動かしていた三指を、あっさりと恵麻の肛門から引き抜いてしまった。

「あっ、ど、どうして……ッ!?　もうすぐイキそうだったのに……」

「それは、これの役目でしょう」

早瀬は恵麻の身体を、ごろんと転がして仰向けにすると、腰の下にクッションを入れ、両足を高く上げさせて、その身体の中心に己のそれを密着させた。

「あ……」

「………ッ」

男はもう言葉を持たない。ぎんぎんに勃起した肉棒にすばやくローションを塗ると、正常位で亀頭を恵麻の肛門に押し当てる。

早瀬と恵麻の視線が交差する。わずかに、ほんのわずかに恵麻のおとがいが縦に揺れるのを見た早瀬は、躊躇《ためら》わずに腰を前に、ぐっと押し進めた。

ずぶりという音が恵麻の脳髄に叩きつけられる。肛門を押し開いた肉棒はそのまま直腸を擦進し、指よりもさらに深く深く、恵麻の腸奥を抉り、そのまま猛烈なピストン運動を始めた。

「あはぉおおぁぁッッ!!」

魂消《たまげ》るような悲鳴が恵麻の口から迸《ほとばし》る。絶頂間近まで昂《たかぶ》っていた肛門性感に、さらなる強烈な刺激が加わり、恵麻の快感受容は完全にオーバーフローした。

「あ、もう、もぅッ！　ダメぇ、ダメぇぇ!!　航くん、ダメぇぇ!!　来る、来ちゃうっ！　すごいの来ちゃうっ!!」

「どこがいいんですかッ!?　教えたでしょう！」

「ケツマ×コよッ!!　ケツマ×コが気持ちいいのッ！　ケツマ×コセックスでイッちゃう！　すごいの来ちゃうッ!!」

「いいですよ！　俺ももういい加減限界ですからッ！　全部中に出しますよ！」

荒々しくピストンを続けながら、早瀬は恵麻に倒れ込むように上半身を曲げ、顔を恵麻に寄せる。その意図に気づいた恵麻は、何の躊躇いもなく両手を男の首に巻きつけると、さらに大きく拡げた両足を、鋏《はさみ》を閉じるクワガタのように男の腰を挟み締めた。

男女が、ぴったりと一つになる。最後に互いの口唇を、ぴたりと重ね合わせると、早瀬は大きく腰を引いた。ぬるりと恵麻の舌が早瀬の口唇を割るのと同時に、ばつんと早瀬の腰がしたたかに恵麻の股間に打ちつけられ、その中心にある肉棒と肛門が、強烈な結合を果たした。瞬間、どぷどぷどぷッと精液が鈴口から噴出し、恵麻の直腸内を白濁に染めた。

「ッッッ！！！！」

互いに口唇を塞《ふさ》ぎ合っているから声は出せない。しかし、恵麻はその全身を激しく痙攣させ、両足は攣りそうなほどハイヒール様に反り、かっと見開かれた眼の中の瞳は、くるんと上方に回転し白目を晒した。

＊＊＊

――その夜も、寝室には恵麻の嬌声が響いた。

「先生ッ！　いいですッ、すごく気持ちいいッ！」

昨夜と同じ後背位で子宮を突かれ、その衝撃に合わせて恵麻の丸く大きい臀部が波打つように、ぶるぶると揺れ、豊かな双乳が前後に、だぷんだぷんと揺れる。

「ずいぶんいい声が出るようになりましたね……ッ」

明らかに優越感を覚えている早瀬の言葉に、恵麻は悔しそうに顔をゆがめた。

しかし、昼間にあんな醜態を晒しておいて、強気に否定することなどできないし、恵麻の仕事は早瀬の機嫌を取ることだ。心情はどうあれ、追随するしかない。

「せ、先生のペニスが大きすぎるんです！　奥に当たって……ッ！」

言いながらも、こつんと膣奥を突かれ息が一瞬つまる。そして、じゅぷりと膣内から愛液が飛沫を上げるのを感じ、恵麻は己の言葉が決して男のご機嫌取りだけでなく、半ば本心《なか》であることを改めて自覚した。

「あ、ダメッ！　イクッ！」

「イキそうですか？　それじゃ、いっしょに出します……ッ」

パンパンパンパンッ！と早瀬が一気にアクセルを上げる。

トドメのように食らわされた抽送の快楽に恵麻はあっさりと屈し、腕に抱いた枕に慌てて顔を埋《うず》めると、「イ、イグゥウッッ!!」と下品な声を涎とともに漏らす。

同時に、早瀬も我慢していた射精欲を一気に解放し、恵麻の子宮に二日連続の精液を噴き叩いた。

「あぁ……出てる……」

昨日はそれを感じる暇もなく失神してしまったが、今日は膣内《なか》出しされた精液の〝熱〟を、恵麻ははっきりと感じることができた。

（お尻の精液もろくに掻き出せてないのに……私の股間、精液漬けになってる……）

陰鬱で自虐めいた思いは、しかし、情後の気怠《けだる》い満足感に溶けてしまい、恵麻は不思議な多幸感に満たされていた。

「はぁはぁ……抜きますよ」

さすがに肩で息をしていた早瀬が、ずるりと肉棒を引き抜く。蓋を取られた恵麻の秘裂から、どろっと白濁した精液が垂れて落ちた。

「はぁーーーー、気持ちよかった」

あまりに素直な早瀬の感想に、恵麻は思わずおかしくなって「ふふ……」と笑みを漏らした。

「そんなによかったんですか、私の……その……お、おま×こ……」

このほうが男は喜ぶだろうと、恵麻が頑張って淫語で言う。

「ん……そうですね」

同意とも否定とも取れない曖昧な返答をすると、早瀬は横寝姿になった恵麻に背後から抱きつき、股間の肉棒を恵麻のお尻に擦りつけた。

「ちょ、ちょっと……もう二回戦ですか……?」

「こっちで続きは、ダメ？」

早瀬が狙っているのは、明らかに今日開通したばかりの肛門だった。

（この男、どれだけお尻が好きのよッ？）

内心、早瀬の異常性にかなり本気で嫌悪感を覚えたが、恵麻は必死に角が立たないように言葉を選んで言った。

「あの、先生……お尻は、ああいえ、ケ、ケツマ×コは、まだちょっとヒリヒリしていて……今晩はおま×こだけで許してくれませんか？」

顔から火が出そうなほど猛烈に恥ずかしい。オムツに脱糞したときより恥ずかしい。というより、三十数年生きてきて、ここまでの羞恥を覚えるのは初めてだ。

そんな恵麻の決死の説得も、早瀬にはあまり響かなかった。

「えー……じゃあ、動きませんから、入れるだけ、入れるだけです」

「それ、先生は気持ちいいんですか？」

「精神的にすごく満たされるんです」

「ええ……」

いよいよ意味のわからないことを言いはじめた早瀬に、恵麻は大きくため息を吐《つ》くと、おもむろに両手を尻ぼたに伸ばし、諦めたように臀部を割り開き肛門を露出させた。

「……はい、どうぞ。私は先生の性玩具なんですから、何でもお応えいたしますわ」

「ありがとう、入れるだけだから」

精一杯の皮肉も早瀬はどこ吹く風で、射精直後の半勃ち肉棒を、やや強引に恵麻の肛門に潜り込ませる。肉棒は愛液と精液とで、ぬらぬらとぬめっており、わりと簡単に恵麻との肛門結合を果たした。

（簡単に入っちゃった……たった一日でどれだけ緩くなったのよ、私のお尻は……）

恐怖三割、諦観六割くらいの気持ちで恵麻が思う。そして、この三十日で自分の身体がどこまで開発されるのか、残り一割の興味を抱いた。

＊＊＊

意識がゆっくりと覚醒し、重い瞼が緩慢に開く。

「あ、朝……？」

窓から差し込む朝日を視界の端に捉え、恵麻は朝の到来を感じた。

「んぅ……起きなきゃ……うぅん、あれぇ……？」

なぜだか、身体が動かない。そうして、しばらく身じろぎしたあとに、恵麻は己の身体が男に抱きしめられていることにようやく気づいた。

「あぁ……あのまま寝ちゃったの……？」

昨夜の情事の結末を思い起こすと、恵麻は男の身体を振りほどいて、やや強引に身を起こそうとした。しかし、

「痛ッ！　あれ……なんだ、チ×ポ痛ぇな……」

恵麻が身体をひねった瞬間、寝ていた早瀬の口から小さな悲鳴が漏れ、そのまま彼も覚醒を果たし同じように身体を揺らした。

「あー、おはようございます、先生」

「ああ、おはようございます、恵麻さん。え、今どんな状況なんです？」

「いえ、どんな状況もなにも、抱き合ったまま寝てしまっていたみたいで」

「なるほど……なんかチ×ポに激痛が走ったような……あっ！」

不意に早瀬が慌てた声をあげた。そして、「入ったたまんまだ」とわずかに興奮した声で告げた。

「恵麻さん、入ったまんまみたいです」

「は？　それはどういう……あぁぁッッ!!」

早瀬の言葉に惑う恵麻だが、次の瞬間、己の中の異物に気づいて大声を出して驚いた。

「ちょっと！　お尻にち×ぽが入ったままじゃないッ!!」

「ああ動かないで恵麻さん！　なんか貼りついたみたいになってる！　痛い痛い痛い！」

本能的に恵麻が身体をよじると、早瀬が今度こそ本気の悲鳴をあげた。

どうも、肛門に挿入された肉棒が、愛液や精液、それとおそらく腸液とで直腸壁に癒着してしまっているようで、かつ、一晩経《た》って強烈な締まりを取り戻した恵麻の肛門括約筋が、がっちりと早瀬の肉棒を咥え込んでいるようなのだ。

「なんで抜いてないのよッ？」

「いやぁ、だって、普通寝ている間に抜けると思うじゃん？　なんでぴったりくっついたまま寝られたんですか、俺たち？」

「知らないわよ！　ちょっと、本当にどうするんです!?」

「そうですね……いっそこのまま、今日一日は繋《つな》がったまま過ごしましょうか？」

「馬鹿じゃないの!!　もぅ、馬ッ鹿じゃないのッ？」

完全に地が出た恵麻が頭を抱えて喚《わめ》く。

「……これ、ひょっとしたら救急車を呼ぶ案件なんじゃない？」

「ああ、膣痙攣で抜けなくなるアレですか。いやぁ、まさかわが身で体験することになるとは……あ、でも、さすがにアナルセックスを一晩続けたカップルは救急隊員も初めてなんじゃないですかね？」

「知らないわよぅ……うぅ……ぐすっ……」

完全に涙目になった恵麻をあやすように、早瀬が恵麻の頭を優しく撫でた。

「すいません、恵麻さんの反応があまりにも愉快で、ちょっといじめちゃいました。ごめんなさい」

「謝るよりなんとかしなさいよぅ……」

「そうですね……実は解決策を一つ思いついているんですけど」

「ほ、本当に!?」

「はい」

「救急車呼ばない？」

「はい」

「痛くない？」

「たぶん、はい」

「……変態なやり方？」

「かなり、はい」

その最後の一言に強い不信感を覚えたが、一刻も早くこの状況から抜け出したい恵麻は、変態の提案に同意してしまった。

「ならソレやりましょう、早く！」

「そうですね、それじゃ、失礼します……実を言うと、我慢の限界だったんですよ……」

早瀬がそう言った瞬間、恵麻は肉棒を咥える肛内に、なにやら奇妙な変化が生じたのを感じた。

「え……なんかお尻の中が、熱い……？」

「お、イイ感じです……ぬるっとしてきました」

無邪気に喜ぶ早瀬とは裏腹に、恵麻は言い知れぬ不安が急激に増大するのを感じた。そして、恵麻にとっては不幸なことに、彼女は閃くように理解してしまった。

「あなたッ　おしっこしてるの!?」

「はい、あ、もう抜けそうです。でも。最後まで出してから抜きますね」

「と、止めてッ！　おしっこなんて嫌ぁ！」

「無茶言わないでください。止められるわけないでしょ」

「だからって、こんな……酷い……」

まるで、自分の肛門が小便器にでもされたかのような錯覚を覚え、恵麻は強烈な屈辱と恥辱とを感じた。

「ふぅ……終わりました、抜きますよ。ちゃんと締めてこぼさないでくださいよ」

「この……人でなし……！」

「……ッ！　そうですね……」

そう呟いた早瀬は、あくまで淡々と、ゆっくりと、肉棒を恵麻の肛門から抜き取った。瞬間、わずかに零れようとした尿ごと、恵麻は己の肛門を片手でしっかりと押さえた。

「……トイレに行かせていただきます。いいですよね？」

明らかな怒気を含んだその声に、早瀬は「もちろんいいですよ」と答えたあとに、しかし、ベッドから去ろうとする恵麻の腕をしっかりと掴んで言った。

「先生、何を……？」

「そういう気持ちでした、あのときの俺は」

そう言うと、早瀬はゆっくりと恵麻の腕から手を離し、「俺はシャワー浴びてきます。トイレが終わったら恵麻さんもどうぞ」と続け、さっさと寝室から出ていってしまった。

一人取り残された恵麻は、早瀬の一言をゆっくりと脳内で反芻《はんすう》し、理解し、そして、後悔とも憤怒とも、そして感傷ともとれる複雑な表情を浮かべた。

「卑怯よ、そんなの……」

＊＊＊

トイレでいろいろなものを吐き出したあと、早瀬と入れ違いにシャワーを浴びた恵麻が浴室から出ると、ダイニングでは早瀬がすでに朝食の用意を整えていた。それは本来は恵麻の仕事である。

「……朝食、ありがとうございます」

「あー、えっと……」

ばつが悪いのか、恵麻からわずかに視線を反らした早瀬だったが、不意に恵麻に頭を下げた。

「すいません、ちょっと……調子に乗りました」

「え……」

「ごめんなさい」

まるで叱られたあとの子供のような早瀬の姿に、恵麻はひどく動揺してしまった。

「いえ、その……私は先生がお望みになることはすべて受け入れる覚悟ですので……したいようになさってください」

「最後の一言、よけいでした。言う必要はありませんでした」

……なるほど。と恵麻は、ストンと納得した。

早瀬が謝っているのは、腸内放尿という変態プレイのことではなく、いや、それも多少は含んでいるのだろうが、主には最後に放った心ない一言だったのだ。

（変なところで真面目ねぇ、ほんと）

あの一言は早瀬が嫌悪する恵麻の過去の行為を想起させるものだ。すなわち、悪意によるパワハラである。

（……どう考えても、お尻の中におしっこするほうが酷いハラスメントだけど）

しかし、そういった行為に関しては、恵麻自身が「何をしてもいい」と免罪符を与えているのだから、本当なら文句をいうことが筋違いなのだ。

そう考えると、「人でなし」扱いはかなり際どい言動だったのではないかと、恵麻は内心冷や汗をかいた。

「先生、私が過剰に反応してキツイ言葉を言ったのがいけないんです。もう、このことは水に流しましょう」

「そう、ですか、そうですね……」

そう言うと、早瀬は二、三度頷くように首を揺らすと、明らかに雰囲気を変えるように声を高めて言った。

「ええと、それじゃですね。空気を変えるためにも、朝食を食べたら今日は外出しましょう」

「外出ですか、どちらに？」

「天気もいいようですし、田舎の景勝地《けいしょうち》までドライブしませんか？」

「いいですね、こっちの地理はさっぱりなので、お任せします」

実際、気分転換の息抜きは嬉しい。家にこもってセックスばかりするのは、あまりに不健康だと感じていたのだ。

「自然公園に行くので、動きやすい服装でお願いします。それと、恵麻さん」

「はい？」

「恵麻さん、その、『キツイ言葉』ですが、俺は嫌いじゃないです。過剰に反応したのは、俺のほうですので……ああいうときは、素直に言ってくれたほうが嬉しいです。あんな返しは二度としませんから……まぁ、そういうことで、よろしくお願いします」

早口でそう捲し立てると、早瀬は気恥ずかしいのかトイレに引っ込んでしまった。

再び一人取り残された恵麻は、今度は呆気と懐古と、そして確かな喜色を滲ませ、呟いた。

「こじらせたなぁ、航くん……」

＊＊＊

早瀬のマイカーは一般的な国産車だが、音響やシートには手間をかけてあるようで、長距離のドライブには向いていた。車内に流れる懐メロや、地方都市特有の「ちょっと走れば辿《たど》りつく景色のいい田舎道」の車窓風景も含めて、車内の雰囲気は悪くなかった。

「で、ね。配送もするから、チラシや小冊子を何百枚と腕に下げて歩くわけよ。都心じゃ車もろくに使えないし、いっつも腕はパンパンだったわ」

「それは大変でしたね」

今の話題は、「左遷」されてからの恵麻の職場での苦労話だ。さすがに八年前の事件のことは話しづらいが、それ以外のことは普通に話が弾んだ。

「おかげで、腕も足も太くなっちゃって……太ってて、驚いたでしょ？」

「そうですか？　俺はそれくらいのほうが素敵だと思いますよ」

「そ、そう……？　ありがと」

密かに早瀬の反応を探る言動だったが、さらっと素直に褒められてはさすがに照れる。

「先生は、本当にスマートになりましたね。カッコいいですよ」

「ありがとうございます。恵麻さんにそう言われると嬉しいです」

「ま、まぁ、はい……」

会話をリードしたいのに、どうにも反撃ばかり食らっているような気がする。

「……どうして身体を鍛えたんですか？」

「えーと、んー……」

ふと、浮かんだ疑問を口にすると、珍しく早瀬は言い淀んだ。

「あー、ひょっとして、気になる女性を振り向かせたかった、とか？」

「あはは、それはまぁ、あったかもしれません。ジム通いの筋トレを始めたのは三十歳を過ぎからなんですけど、そう、だらしない中年男にはなりたくなかったんです」

「それと……」と早瀬はまたも言い淀み、助手席の恵麻をチラリと見た。

「……あの、これは含むところはなく言うことですから、そこは踏まえてくださいね」

「え、あ、はい」

「……鬱の予防のためでもあるんです」

「あっ……」

瞬間、恵麻は迂闊《うかつ》な話題であったと後悔したが、そんな恵麻の雰囲気を感じ取ったのか、早瀬は慌てて「含むところはないですから！」と、重ねて言った。

「先生、その……」

「ごめんなさいはなしです。何かしたいなら、行動で示してください」

なるほど、と恵麻は理解した。

「……それでは、差し当たってはどんな行動を示せばよろしいでしょうか？」

柔らかいその恵麻の言葉に、早瀬は、ニヤリといやらしそうに笑うと、ハンドルに置かれた左手を恵麻の豊かなおっぱいの上に載せた。

「こんなセクハラを許してくれることですかね」

「……安全運転でお願いしますよ、先生」

男の手の上にさらに自分の手を重ね、恵麻は恥ずかしそうに車窓に目を向けた。

＊＊＊

到着した自然公園は、とにかく無人だった。

「な、なんでこんなに人がいないんですか？」

「そりゃ、ここは携帯電話の電波も入らない、正真正銘の過疎地ド田舎ですから。しかも平日。併設のカフェは土日しか開きません」

「公園をよく維持してられますね……」

「そこはお上のご威光ですよ。定期的に清掃業者が入るんです」

大きめのデイパックを背負った早瀬が歩きだし、外歩き用のラフな格好の恵麻がそれに従う。

山間部の河川沿いに作られたその自然公園は、初夏の陽気も手伝ってマイナスイオンに溢れるリラクゼーションスペースだった。耳を澄ませば鳥の声や川のせせらぎが聞こえるし、何度も深呼吸をしたくなるほど空気が美味しい。都心に住んでいた恵麻にとっては同じ日本とは思えず、いや、これが日本の本来の姿なのだと、深く納得する静かな説得力をもった場所だった。

「……ここ、気持ちいいですね。こんな場所を二人占めできるなんて、とっても贅沢」

「大袈裟な。田舎にはどこにでもありますよ、こんな公園」

「先生、どうやってこんな穴場を見つけたんですか？」

「適当にドライブしていたら見つけました。まだまだストックはあるので、楽しみにしといてください」

「はい」

素直にそう頷くと、恵麻はそっと早瀬に寄り添い、男の腕を己のそれでからめ捕った。

「おや？」

「さ、差し当たって、行動で示しています」

思わず顔を覗き込んだ早瀬の視線の先で、恵麻の顔色が朱に染まる。もっととんでもない恥辱を味わっているはずなのに、やたらと気恥ずかしい。

自然と無言になった二人は、ゆっくりと公園内の遊歩道を散策した。

＊＊＊

その後、適当な東屋《あずまや》を見つけた二人は休憩することにし、お花を摘んで化粧や身じまいを整えた恵麻が東屋に戻ると、早瀬はタブレットを凝視しワイヤレスキーボードを一心不乱に叩いていた。

執筆だと気づいた恵麻は、邪魔をしないように彼の横に座り、そっと様子を窺う。

屋外で、膝の上に置いたワイヤレスキーボードを使っているにもかかわらず、早瀬のタイピングはかなりのスピードだ。特にメモを見たりすることなく、機械のような正確さでタブレットの画面を文字で埋めていく。

しばらく、早瀬のキーボードを打つ音が、規則正しく自然公園に響いた。その時間は、恵麻にとって確かに安らげる時間だった。

（なんか、くやしいなぁ……）

知らず恵麻が早瀬の才能に嫉妬していると、一区切りついたのか、早瀬は一言、

「うーん、今はこれくらいか」と呟き、さっさとタブレットとワイヤレスキーボードをデイパックに収納した。

「放ったらかしにして、すみません」

「いいえ、先生の執筆姿、私は好きですよ」

「それは嬉しいです」

スッと早瀬が恵麻に向かって腕を差し出す。勘よく恵麻が早瀬の意図を察し、身体を、ぐっと早瀬に寄せると、男の手が柔らかく恵麻の首に巻きついた。

恵麻がゆっくりと瞳を閉じると、早瀬が顔を寄せ、そうして、二人の口唇がゆっくりと重なり合った。

初めは表面をなぞるように、互いの口唇の感触を確かめるように、優しく優しく触れ合う。そして、不意に業《ごう》を煮やしたように、早瀬の舌が恵麻の口唇を割り開き、強引に口内へと侵入する。それに負けじと恵麻も舌を躍動させ、互いの舌が艶めかしく絡み合った。

「ちゅぱ……ぢゅぱ……」

唾液が音を立てて攪拌《かくはん》され、わずかに白濁し恵麻の口の端から流れ出る。興奮が高まったのか、早瀬の手が恵麻の豊かなおっぱいに当てがわれると、彼女は慌てたようにその手を押さえた。

「せ、先生……さすがにセックスはダメですよ」

「ダメ、ですか？」

「だって、いくら人がいないからって、こんな真っ昼間のお外で、そんな……」

「本当に、ダメ？」

まるで甘えるようなその口調に、思わず恵麻の母性が惹起される。さらに、胸に当てがわれた手がリズミカルに動きはじめる。

「あぅん……もう、ダメだってばぁ……」

このままではまずい、流されてしまう。そう感じた恵麻は、目敏《ざと》く早瀬の肉棒が勃起しているのを確認すると、片手でそれを摑んで言った。

「今のところは、お口で我慢してください。頑張りますから」

恵麻のその訴えに、しばし思案した早瀬は、「じゃあ、それでお願いします」と恵麻の胸から名残惜しそうにゆっくりと手を離した。

「それでは、失礼します……だ、誰か来たら絶対に教えてくださいね！」

「はいはい」

「絶対にですよ！」

そう念押しした恵麻は、しかし、明らかに興奮した吐息をつきながら、男のズボンのチャックを開き、中から硬くいきり立った早瀬の肉棒を取り出した。

じゅぷ、じゅぷと先ほどのキスで多量に分泌した唾液を口腔に溜め込むと、口を窄めて、たらぁと肉棒に向けて垂らす。狙い過《あやま》たず、唾液は亀頭に命中し、ぬらぬらと唾液でコーティングされた肉棒に口をつけると、恵麻は一気に肉棒を咥え込んだ。

「んんぅッ!!」

喉奥まで肉棒が侵入し、思わず恵麻が呻《うめ》き声をあげる。恵麻の生涯で二度目のフェラチオだが、排泄我慢を強要されていた昨日と比べればずいぶんと余裕がある。

中ほどまで咥え込んだあと、頬を窄めるほどに、じゅじゅちゅと肉棒に吸いつき、同時に鈴口を舌で、ぐりぐりと刺激する。それはそうとうに気持ちよかったのか、頭上の早瀬の口から、「うわ、すご……」と驚嘆の声があがった。

(ふふん……ちゃんと今回は勉強をしてきたんですからね……!)

実は昨日の夕方、一人でいる時間を利用して、恵麻はこっそりとネットでフェラチオの勉強をしていたのだ。それは、早瀬との性交渉を続けるうえで、己の性奉仕の技術が必要だと、この数日で痛いほど実感したからだった。

じゅぼぼぼとカリ首を口唇で挟むところまで顔を引き、顎を休めつつ露出した肉棒の竿を手で小刻みにしごく。数度鼻呼吸で息を整え、再度口腔奥まで肉棒を咥え込む。

(や、やっぱりこの人、ち×ぽ大きい……ッ！)

恵麻とて頑張って奥まで咥えようとしているが、それでも早瀬の肉棒は三分の二ほどまでしか咥え込めていない。そもそも、これまで誰も触れることがなかった恵麻の子宮口まで到達した肉棒なのだ。太くて長くて、大きくて当たり前だ。

「ふぅ、ふぅ、ふぅ……!!」

えずく喉を我慢しつつ、歯を当てずに、口腔のバキュームと首の運動を連動させながら、恵麻は必至に顔を前後にピストンさせた。それはかなり気持ちいい行為だったらしく、頭上の早瀬の口からは「ああ、マジでそれ気持ちいいです……すげぇ……」と、完全に弛緩した声が漏れていた。

(今日、こそ、はッ！)

きっと男の限界は近いとそう信じて、恵麻はラストスパートのつもりで動きを速めた。じゅぼ！　じゅぼ！　じゅぼッ！　と粘音を立てて前後する恵麻の頭を、しかし不意に、早瀬の手が優しく押さえた。

「ふが？」

フェラを中断されて戸惑う恵麻に、早瀬が抑揚のない、しかし優しげな声で言った。

「恵麻さん、喉に出します、飲んでくれますか?」

「……ふぁい」

それは覚悟していたことだ。恵麻は躊躇わずに頷いた。しかし、「喉に出す」とは、恵麻の想像をはるかに超えた言葉だった。

「……息を吐いて、力を抜いて、受け入れてください」

そう言うと、早瀬は恵麻の頭を押さえる手に、ぐっと力を込めた。自然、恵麻の頭部が早瀬の股間に接近し、咥えた肉棒が恵麻の喉奥へ喉奥へと埋没する。

それは、恵麻が自力で咥え込んだ深さをあっという間に越え、恵麻の中咽頭部まで到達した。

「…………ッッッ!!!」

反射的に恵麻は口から肉棒を吐き出そうとしたが、鍛えられた男の手はそれを許さない。それどころか、男はさらに恵麻の頭部を股間に押しつけ、ついには恵麻の顔に早瀬の陰毛が密着するほど顔が寄り、そして、
ぐぽぉぁッ!!

「ごぁぁぁぁぁぁッッ!!」

そのとき嘔吐しなかったのは奇跡だった。

早瀬の肉棒は、本来は届いてはいけない恵麻の下咽頭部まで到達してしまったのだ。

「出しますッ！」

短い宣言と共に、恵麻の喉内に精液が炸裂する。それは咽頭壁にぶち当たり、一部はそのまま食道へ、一部は咽頭を満たし、そして一部は上気道鼻腔へと逆流し、果てには、

「ぶぶぅッッ！」

恵麻の鼻から、鼻水と唾液と精液との混合液が噴出し、小さく卑猥な精液の鼻提灯を作った……。

＊＊＊

「さ、さすがに、死ぬかと思った……」

強烈な咽頭射精後、恵麻は何とか精液を嚥下《えんげ》しようと試みたが、そもそも肉棒で口蓋をこじ開けられたまま嚥下することなど無理無茶無謀である。

このままでは本当に窒息すると思い至った恵麻は肉棒を吐き出すと、東屋の片隅に

しゃがみ込んで飲みきれなかった精液を、げぇげぇと吐き出した。

「うげぇぇ……うぅ……」

食後だったら確実に嘔吐していただろう。そのあたりも考えての無謀な試みだったのかと、ふと恵麻はそう思った。

「はい、恵麻さんお水！」

「あ、ありがと……んぐ、んぐ……無茶させてごめん」

「はぁ、はぁ、はーぁ……まぁ……これくらいは、覚悟してたから……」

さらに差し出されたタオルで口元を拭《ぬぐ》い、もう一度軽くえずいてから、恵麻は倒れ込むように東屋のベンチに腰掛けた。

「はぁーーー。……もぅ、普通にお口に出してくれたら、ちゃんと飲んであげたのに」

「それ、は……ごめんなさい」

「うふ、まぁいいわ。私ももっと上手になるから」

そう言うと、恵麻はいまだに露出しっぱなしの早瀬の肉棒を、チラリと眺めると、油断なく周囲を見渡し、そして再び早瀬の股間に顔を埋めて萎えた肉棒を咥え込んだ。

「恵麻さん、何を!?」

「じゅぱ……お掃除フェラ。こういうの、男の人って好きなんでしょ？」

肉棒に付着した精液を、わざと、ぢゅぅ、と下品な音をたてて啜り、かと思えば、舌でソフトクリームを舐め上げるように丁寧に肉棒を整える。

「……はい、おしまい。おっきくなったら困るから、ここまでで……先生？　どうしたの、先生？」

恵麻が口を拭ったタオルで肉棒を清拭《せいしき》しズボンに収めても、早瀬は石の彫像になったかのように動かない。

「えっと、私、何かマズいことでもしました……？」

不安に駆られた恵麻がそう言うと、不意に早瀬は恵麻を抱きしめた。

そして、恵麻の口唇を、行為の始まりと同じように、優しく己のそれで塞いだ。

「んぅ……!?」

驚く恵麻にかまわず、そのまま十秒ほど接吻を続けた早瀬は、やはり不意に恵麻から口唇を外すと、一言、「ありがとう、恵麻さん」と呟いた。

＊＊＊

「……びっくりした、おち×ぽ咥えた口ですよ？」

「特に気にしないです。それより恵麻さんとキスしたかったんです」

「あ、はい……」

二人とも、何とも気恥ずかしくなり視線を反らし合う。そして、空気を変えるためか、早瀬が「……お弁当食べましょうか……食べられます？」と声をかけた。

「食欲は……まぁ、ありませんけど、大丈夫ですよ、落ち着きましたから」

喉はまだイガイガするが、飲食する分には問題なさそうだ。

一つ頷いた早瀬は、デイパックから事前に近隣の道の駅で購入した弁当をベンチに広げた。

「はい、どうぞ」

「ありがとうございます。ふふ、実は楽しみなんです」

「あー、ジビエですか？」

「ええ、鹿肉は初体験なんです！」

恵麻が購入した弁当には地元の猟民が獲った鹿の肉が使われている。初めて鹿肉を食べる恵麻は期待を込めた眼をしているが、反面、早瀬はなぜか微妙な表情だ。

そして、その謎は恵麻が鹿肉を一口食べた瞬間に解決した。

「う……」

「さて、恵麻さんの鹿肉初体験の食レポが聞きたいですね」

「いえ、これ……すごくパサパサしていて……うーん……」

お肉らしいジューシーな味わいを期待した恵麻だったが、その食感はひどく味気ないものだった。

「まずいわけじゃあないんですけ……もうちょっと、こう……」

「あはは、そりゃそうですよ。本気のジビエ料理、鹿肉料理を食べたいなら、高級店に行かないとダメです。鹿肉は調理が難しいんですから」

「もう！　知ってたのなら教えてくださいよ！」

「恵麻さんのその反応が見たくて。はい、このメンチカツは絶品ですよ。あの道の駅の売れ筋メニューなんです。一口どうぞ？」

「……いただきます」

早瀬が箸で摘み上げた小ぶりのメンチカツを数瞬見つめる。箸渡しはマナー違反だ。さりとて、メンチカツを受ける皿は持っていない。とすれば、恵麻がメンチカツを食べるにはこの方法しかない。

「はい、あーん」

「……あ、アラサーの女にそれをさせます？」

「え？　恵麻さん、まだアラサーのつもりなんですか？　サーティーじゃなくてもう俺たちフォー……」

「あー、もー！　それ以上は言わない！　わかりました！　もぅ……」

顔を真っ赤に染めて、頤を軽く前に突き出して、ミディアムボブの髪の毛がかからないように片手で梳いて、恵麻はわざと「あーん……」と小さく声を出しながらメンチカツに齧《かじ》りつく。

男が、にやにやと意地悪く笑うのを、恵麻はジト目で睨みつけた。

＊＊＊

すっかり陽が落ち、時刻はもう少しで日付をまたぐ深夜、夜の帳《とばり》が落ちきった峠道を、早瀬の自動車が走っていた。

あのあと、いくつかの名勝を回り、早瀬が案内した店で、今度は本当に美味しい鹿肉のジビエを堪能し、あとは家路につくだけである。

二人の間には会話は少なく、ただカーステレオが当たり障《さわ》りのないＢＧＭを鳴らすだけだ。

「遅くなっちゃいましたね」

「ええ」

「鹿肉のステーキ、美味しかったわ」

「はい。また近くに寄ったら行きましょう」

「私だけ軽く飲んじゃって……」

「運転があるから、しょうがないですよ」

恵麻がぽつりぽつりと呟き、早瀬が相槌《あいづち》を打つ。

そうして訪れた沈黙は、しかし、どこかじれったく、甘い空気をまとっているようだった。

恵麻が、チラリと車内に搭載されたカーナビの地図を見る。早瀬の家までは、まだまだかかりそうだ。

「……先生、運転お疲れじゃないですか？　どこかで休憩、しませんか？」

かなり含みを持たせた恵麻の言葉に、早瀬は表面上素っ気なく「そうですね」と相槌を打った。そんな早瀬の態度に、じれたように恵麻は「んぅ、もう……！」と不満げに声をあげた。

欲求不満というわけではない。わけではないが、今日一日は、はたから見れば完全に男女のデートであり、早瀬のわりと隙のないリードに、恵麻はかなり満足していた。

となれば、デートの「締め」に男女がやることは一つであろうし、恵麻がここにいる存在理由でもある。

だというのに、誘う恵麻の言葉に早瀬は生返事だ。恵麻がヤキモキするのも仕方がなかった。

(今日はもうエッチはなしなのかしら？)

恵麻がとうとうそんなふうに考え、頬を軽く膨らませる。すると、そんな恵麻を、ちらりと眺めると、早瀬は「仕方がない」というふうに苦笑し、やおらハンドルを左に切った。

「あ、れ……」

「休憩、しますよ」

そこは峠道ならではの景観を楽しむための狭い展望所で、真っ暗な駐車スペースの片隅に一台きりの自動販売機が弱々しい明かりを灯《とも》す、夜中に一人では絶対に来たくない類の場所だった。

「こ、怖くありません、ここ？」

「だって、恵麻さんが我慢できなさそうだったから」

ハザードも点《つ》けずにエンジンを切ると、とたんに漆黒《しっこく》の闇が二人を包んだ。

「ひっ」

「本当は、国道に入ったところのラブホテルを予定していたんですけど」

「そ、それなら、そこに行きましょうよ！　シャワーも浴びたいですし！」

「もうその気はなくなりました。真っ昼間でも外でもないですよ？」

「あぁもぅ……」

言葉と共に、早瀬が恵麻のズボンを脱がせにかかると、恵麻は諦めたようにわずかに腰を浮かして男に協力した。

「……けっこうな勝負下着を着ていたのに……見えないじゃない」

真っ暗で狭い車内で苦労しながら、手探りでズボンとショーツを足首まで下ろし、片足から抜き取る。

「お互い、手で弄《いじ》り合いましょうか」

「……やらしぃ」

互いの手が互いの股間をまさぐり合う。恵麻が完全に慣れた手つきで早瀬の肉棒をズボンから取り出す。対して、すでに外気に触れていた恵麻の秘裂を、早瀬の指が初日の夜のように先んじて弄りだす。

「フライング！　フライングですよ！」

「先に脱いだほうが悪い」

「もう！　でも、こっちは利き手、そっちは不得手、私が有利ですね」

「さーて、どうでしょうか。このチ×ポは今日二回戦目ですからね……ん……」

「あら、いい声聞こえましたね……ぇあん」

じゃれ合いのような口喧嘩の端々に甘い声が混ざり合う。徐々に男女の口数は減り、暗く狭い車内に二種類の熱い吐息が響く。互いに、だらんと肢体を弛緩させ、ただ手指だけが活発に互いの性器を弄り合う。そうして、吐息に混ざり、体液が指に絡まり、くちゃくちゃという猥音が——主に恵麻から聞こえはじめた。

「……ほら、恵麻さん」

早瀬が、スッと股間を弄る手を恵麻の眼前に差し出す。その手は淫水に濡れぼそり、わずかに湯気すら漂うほどに熱かった。

「意地悪……何をさせたいんですか？」

「恵麻さんがしたいように」

「やっぱり、意地悪……」

夕食に摂ったアルコールのせいか、いつもより大胆な恵麻が、わざと大きく舌を突き出し、ぴちゃぴちゃと音を立てて男の指を舐めしゃぶる。そして、そうとうに興奮が高まってきたのか、恵麻は吐息荒く胡乱《うろん》な瞳で車窓から外を見た。

「……車が、通るかもしれないわね」

「そりゃ、通るでしょうね、きっと」

「でも、車の影なら見えないわよね」

「たぶん、見えないんじゃないですか」

「それなら、先生、外、出ましょう」

逡巡《しゅんじゅん》する素ぶりも見せずに、恵麻が助手席のドアを開けて外に出る。慌てて早瀬も外に出ると、彼女は道路からは影になる車のボンネットに下半身すっぽんぽんの姿で腰かけていた。

「入れて……先生……」

「はい、もちろん」

ちゅと軽く口づけを交わし、早瀬は恵麻の片足を担ぐと、狙いを定めて恵麻の秘裂を肉棒で突き上げた。

ずぶっという擬音が二人の脳に相響く。不安定な姿勢だが、逆にそれがスリルになる。女性としては大柄な恵麻の身体を両腕で抱えながら、肉棒を力点として下方から小刻みに突き上げる。膣奥の子宮口を、コツコツと叩かれるたびに惹起される官能に恵麻の口から「あーーーぁ！」とケモノめいた声があがる。

「先生ッ！　はげし、いッ……おち、落ちちゃう……ッ」

「恵麻さん、もっとしっかり摑まって」

男の言葉に、恵麻は上半身をめいいっぱい使って早瀬に抱きつく。密着し安定感を得た早瀬は、ついに地面に残る恵麻のもう片方の足も抱《かか》え上げ、ボンネットと己の身体でサンドイッチするように激しく腰を打ちつけた。

「あッ、あッ、あぁッ！　それ、ダメ、強すぎ、強すぎるぅッ」

二人の結合部から、ぷしゅと潮が噴出し、男に抱えられた恵麻の両足のつま先が、ぴんと伸びる。その絶頂の予兆を見逃さずに、早瀬はさらにすばやく膣孔を穿《うが》った。

「いやあぁぁぁぁッッ!!　イクッ、イクっぅぅぅッッ!!」

再度、恵麻は股間から潮を吹き、深く激しい絶頂を果たした。数度、短いが激しい痙攣を全身に鳴らしたあと、恵麻はぐったりと脱力した。早瀬はそんな恵麻をしっかりと支え、求めるがままに恵麻の口唇を激しく貪《むさぼ》った。

「はぁはぁ、すごい声出しましたね、外なのに」

「だ、だってぇ……」

わずかに呆れ声の早瀬に、恵麻が目を泳がせる。

「先生のおち×ぽが気持ちよすぎるんですもの……」

「あ、俺のせいにします？　恵麻さんが淫乱なだけじゃないですか？」

「い、淫乱だなんて、人聞きの悪い……！」

「どの口が言います？　あ、この口ですか？」

早瀬がいまだ膣内に挿入されている肉棒を軽く上下に揺らす。絶頂直後のおま×こを攪拌され、恵麻は思わず「あぁんッ！」と鋭い嬌声をあげてしまった。

「……こんなに感じたの、先生が初めてですよ……」

「嬉しいです。で、俺はまだイッてないんですけど？」

「あ、ごめんなさい、一人でイッちゃって。ええと……」

この姿勢では女がリードして動くことはできない。一度抜いて手と口で奉仕すべきか、それともこのまま男の抽送を待つべきか恵麻が思案していると、早瀬はあっさりと肉棒を秘裂から抜き取り、そして、恵麻の身体を、くりんと反対に向け、ボンネットにうつ伏せにさせた。

「あ、バックね。いいわ、このまま……」

「せっかくだから、こっち使いましょうか」

恵麻の後背位での挿入予想を、しかし、早瀬はあっさりと否定した。

そして、最近馴染みのある、とろりとした、ひんやりとした、粘っこいローションを肛門に感じると同時に、早瀬の指であろう細長い物体が恵麻の肛門に、いきなり、ずぶりと挿入された。

「いッ!? お、お外でアナルセックスするんですかッ!? じゅ、準備がッ！」

「大丈夫、しっかり解《ほぐ》れてますよ」

ローションを馴染ませるように指での抽送を何度か繰り返すと、頃合いと見たのか早瀬は指を抜き取り、いまだ硬く勃起している肉棒を恵麻の肛門に押しつけた。

「息を吐いて、ゆっくりいきんで」

「はぁぁぁあぁぉおおあぁあぁッッ!!」

言われたとおりに息を吐き下腹部に力を込めた瞬間、ぞぷりと恵麻の肛門に肉棒が潜り込んだ。

「キ、キツイぃ！」

さんざん浣腸され解された昨日とは違い、今日のアナルセックスはかなりの拡張感を恵麻に与えた。肛門が、直腸が、肉棒に圧《お》し拡げられ、ごりごりという音が恵麻の脳髄に幻聴する。

「締まる……ッ」

「せん、せぇ……ッ　もっと、ゆっくりぃ」

「無理……恵麻さんのケツマ×コ、すげぇ気持ちいぃッ！」

珍しく早瀬の声に余裕がない。それくらいの快楽を早瀬が感じていると思うと、恵麻はなんだか嬉しくなってしまい、文句が言えなくなってしまった。

「……私の肛門、気持ちいいんですか？」

「はい、最高にいいです。最高に吸いついて、締まって、最高のアナルセックスです」

その最高の連呼に、恵麻は不甲斐なく顔が赤くなる。

（私の肛門、もう性器なんだわ……）

そんな奇妙な感慨も感じていた。

「動きますよ、いいですね？」

「先生の、したいようになさってください」

言葉と同時に、ずぷっずぷっと早瀬の肉棒が重く遅く抽送される。恵麻の肛門の締め付けはそうとうなもので、早瀬の肉棒が引かれると、肛門はそれを離すまいとおちょぼ口のように肉棒に吸いつき、反対に押し込まれると肛門周囲の尻肉まで陥没する。それは早瀬と恵麻と双方に強烈な刺激をもたらすものだった。

「んぉぉぉッッ！　おっ、おほッ！」

ノーマルセックスとは明らかに質の違うあえぎ声が恵麻の喉を鳴らす。

恵麻の脳裏は、串刺し、という三文字の単語で占められている。肛門から侵入した肉棒が、そのまま消化器官を逆流し口から出てくる錯覚を恵麻は覚えた。

（すごい……昨日とは、全然違うッ！）

これが本当のアナルセックスなのだと恵麻は直感した。

背後から荒々しく、肛門という本来は排泄専門の狭穴に強引に肉棒をねじ込み、男の暴力的な力で抽送される。こんなことをされたら、女の肛門は男を悦ばせる第二の性器になるしかない。昨日の、ただひたすらに女体を労《いた》わった肛門結合とは違う、女の肛門をオナ・ホールにするアブノーマルセックスがそこにはあった。

（なんて……屈辱……）

肛門を性玩具にされた恵麻は、しかし、確かに自分の心の底にある被虐心が満たされ、随喜の涙を流していることも感じていた。

「もう戻れないかもしれないわね……」

「何か、言いましたッ!?」

「いいえ、先生、もっと私の肛門を抉ってください……ッ」

「はいッ！」

ローションが追加され抽送が加速する。擦り切れんばかりに刺激された腸壁が熱を持ち、痛みに似たそれが恵麻の身体中に拡散する。昨日の甘い快楽とは別種の、被虐的で惨めな官能に、恵麻は酔った。

「せんせぇ、ごめんなさい……ケツマ×コで、イッちゃう。アナルアクメしちゃいますッ！」

「俺も、そろそろッ、出ますッ！」

「出してッ！　アナルの中に、せんせぃのザーメンいっぱい出してッ！」

膨れ上がった官能が直腸内で噴出し、精液が奔流となって恵麻の直腸を遡《さかのぼ》った。同時に、恵麻もアナル絶頂を果たし、二人は重なるようにしてボンネットに倒れ込んだ。

「はぁはぁ……出てる、すごい、出てる……」

「二回目なのにすっげぇ出てる……まだまだイケるな、俺」

「あぁ、今日もお尻に先生の精液飲まされちゃった……もしかして、これから毎日飲ませる気ですか？」

「恵麻さんが望むなら」

「意地悪……先生のしたいようになさってくださいね……で、なんで抜いてくれないんですか？」

射精により早瀬の肉棒が萎むのを恵麻は敏感に感じていた。が、しかし、早瀬はいっこうに肉棒を肛門から抜こうとしない。

「あー、まぁこれは……」

「はぁ、呆れた……また、お尻の中でおしっこしたいんでしょう？」

「……わかるんですか？」

「そりゃそうですよ。はい、その穴はもう先生の性玩具になったんです。どうぞ、お好きにお使いください」

「……もう一声、もっとやらしく！　下品に！」

「ぬぬ……け、ケツマ×コがぁ、先生のおしっこをゴクゴク飲みたくて疼いてるんです……恵麻のケツマ×コに、先生のおしっこください！」

「いいですね、そんなに欲しいなら、飲ませてあげます……ッ！」

そうとう我慢していたのだろう、宣言と同時に、精液とは量が段違いの液体が、恵麻の直腸に注がれはじめた。

「あぁぁ……」

朝の直腸放尿は恥辱と屈辱が強すぎて、何かを感じるどころの話ではなかったが、今は比較的冷静に直腸内の奔流を感じることができる。

「どんな感じです？」

だいぶ興味があるのだろう、早瀬が放尿しながら恵麻に聞いてきた。

「実を言うと……あんまり尿の感触はないわ。お湯を浣腸されたときのほうが感覚が強かったわね」

「あー、尿の温度は体温と同じですから、刺激が少ないんですかね」

「そうかもしれないわ。それで、ね、たぶん、先生が期待しているとおりよ」

「……何がですか？」

「惨めな屈辱感は、すごく感じてるわ……そして、それを悦んでいる私もいる……たったの数日で、よくもまぁ、女をここまで躾けてくれたものね」

「恵麻さん、ちょっとマゾになりました？」

「さあねぇ、素直に言うと癪《しゃく》だから、言わないッ」

「その『言わない』って言い方、すごく可愛いですよ、歳のわりには」

「おち×ぽ、肛門で食いちぎってやりましょうか？」

「うわ、怖いなぁ……それで、恵麻さん？」

「なぁにぃ？　今度はどんな変態プレイを思いついたの？」

「いやぁ、これはプレイというか後始末のことなんですけど……」

緩い雰囲気のなか、早瀬が微妙に膨らんだ恵麻の下腹部を、ぽんぽんと叩いた。

「これ、どこに出します？　車の中はさすがに勘弁してほしいんで、できたらそこらの茂みで用を足してほしいんですけど？」

「あッ⁉」

入れたものは出さねばならぬ。そしてもちろん、付近にトイレなどない。

「……野グソまでさせられるの、私？」

「やっだなぁ、野グソとか品のない……お花を摘むとか言えないんですか？」

「む………ッ！」

返事の代わりに、恵麻は思いっきり下腹部に力を込めて腹筋と臀筋を引き締めた。

人気《ひとけ》のない真っ暗な道路に、早瀬の情けない悲鳴が響いた。

＊＊＊

初夏の柔らかい日差しがアクリル天窓を透過して地面を照らす。県下随一の繁華街は、休日ということもあり人で溢れており、都心に住む恵麻としては見慣れた風景で、妙な安心感を覚えた。

「さて、何しようかしら……？」

この場に早瀬はおらず、恵麻一人だ。ドライブデートから数日経ち、その間も早瀬から恥辱の限りを受けていた恵麻だが、この日の朝、唐突に早瀬に言われたことがあった。

『今日は日曜日ですね、恵麻さん』

『ええ、そうね。私たちにはあまり関係ないですけど』

『いいえ、休息日は大事です。ということで、今日は恵麻さん〝お休み〟です』

『はぁ……ええ？』

『ご自由に過ごしてください』

『………』

　というわけで、「愛妾契約」七日目に急な休みをもらった恵麻は、早瀬の家にずっといるのも間が持たないので、タクシーに乗って繁華街まで遊びに出たのだ。

　まず恵麻が足を運んだのは、市内最大規模の本屋だった。本屋巡りは学生の頃から、出版編集を干されてからも続いている趣味だ。平積みされた流行《はや》りのタイトルを丹念に眺め、ときには帯を熱心に読み込み、ときには、ぺらりと最初の数ページを流し読みする。早瀬の執筆中はけっこう暇なので、気に入った本を何冊か購入する。その中には、これまで恵麻が歯牙にもかけなかった本も含まれていた。

　次に恵麻が向かったのは繁華街のやや外れにあるショッピングパークで、女性らしくブティックや雑貨店などを楽しく回り、さらには近年市民権を得はじめているオタク系ショップにも臆することなく足を運んだ。元々ライト文芸に属していた恵麻にはオタク文化は守備範囲内だ。

「……ホント、オタクの願望そのものよね」

　わが身を考え恵麻が独り言をいう。今頃早瀬は自宅で撮りためたアニメでも見ているのだろうか？

「……ひょっとして作品のネタにされるのかしら？　いえ、されるに決まっているわね」

はぁとため息を吐き、しかし、恵麻は特に気落ちしたふうでもなくウィンドウショッピングを再開した。

＊＊＊

「あ〜、けっこう買ってしまった……」

両手いっぱいの紙袋をカフェの椅子に置いて恵麻が呟く。

昼食に入ったカフェは女性が多く、というより女性しかおらず、気張ることなく精神を弛緩させることができる。

そして、ランチを注文すると、今日の戦利品をざっと確認した。

初めに取り出したのはムックタイプの冊子で、タイトルは『男を悦ばせる五〇のテクニック』とあった。いわゆる、女性向けのセックスのハウツー本だ。

「……まぁ、仕事を完璧にするためには必要よね、必要よ。それに、たまにはリードしたいし」

今のところ、ベッド上では連戦連敗の恵麻である。早瀬の機嫌を取り、かつ、自身の矜持《きょうじ》を保つためにも、是が非でも性テクニックは習得しておきたい。

次に確認したのは、穴あきだったり紐だったり、どちらかと言えば「下品」と評されるようなセクシーランジェリーだ。購入時には「これ着たら先生どんな顔するかしら？」などとほくそ笑んでいたものの、時間をおいて省《かえり》みると、好色女の色ボケ行動にしか思えない。

「……でも、まぁ、きっと喜んでくれるわ、間違いなく」

妙な確信を得ながら、恵麻は独り頷いた。

＊＊＊

「さて、整理しましょう」

ランチを終え、追加で注文したソイラテを、チビチビと啜《すす》りながら、恵麻は愛用している手帳とペンを取り出す。今からやろうとしているのは、この一週間の振り返りだ。そして、自身の心境の整理である。

「まず、されたことを列記すると……」

初日。慇懃《いんぎん》無礼な態度で「愛妾契約」を交わし、その夜には恥ずかしい衣装を着せられて屈辱まみれのセックスで失神させられた。

二日目。自身の迂闊な行動が原因で、イチジク浣腸＋耐久フェラ、その果てのオムツ脱糞、のみならず恥辱のアナル開発と悦楽のアナルセックス。

三日目。腸内放尿から始まり、屋外イラマチオを経由しての野外セックスとアナルセックス、締めは朝と同じく腸内放尿。

「おおおお……」

ここまで書き出して、そのあまりに過激な内容に恵麻は悶絶し、ペンが手帳にミミズを引いた。

「客観視すると……極めて異常よね……」

さらに今日までもセックスもアナルセックスも何度もこなし、もはや腸内放尿すら定番になってきつつある。

「ふー……さて、それじゃ自問自答ね。私はこの現状から逃げ出したいか、否か？」

トントンと手帳をペンで叩く。

「いいえ、逃げる気はない。あと三週間、あの変態に付き合って『愛妾契約』を果たし、作品を手に入れて編集業に復帰する。その気持ちに変わりはないわ」

次に、早瀬との〝プレイ〟を考える。

「これまでの性行為を、そしてこれからの性行為を許容できるか、否か」

うーむと恵麻が首を捻る。

恵麻が早瀬の変態プレイを甘んじて受けているのは、もちろん「愛妾契約」の完遂のためだが、それと同じくらい「贖罪」の意味も大きい。自分が鬱病に落とした昔馴染みへの、その罪悪感を軽くするため、恵麻は早瀬の変態行為を受け入れている。

「これから何をされるのかはわからないけど、イエスね。ええ、大丈夫、許容できるわ」

実際、早瀬との変態プレイは、嫌悪はあっても憎悪はない。さらにはあまり認めたくはないが、早瀬とのセックス・アナルセックスでは、失神や絶頂を何度も経験している。本当に認めたくはないが、男日照りの熟れた身体にとっては、かなり満足度の高い性生活でもある。

「お尻がどんどん開発されているのは怖いけど……」

たった数日で排泄孔から第二性器へと変貌した肛門がわずかに疼く。その感覚を苦労して無視すると、恵麻は最後にして重要な自問を投げかけた。

「……あの男は、私に惚れているか、否か」

早瀬と過ごしたこの一週間を思い出す。早瀬の行動を思い出す。そして、早瀬の表情を思い出す。

ぐりんと頭を回して天井を仰ぎ、次いで、視線を下げて己の子宮のあたりを見る。

「……惚れているのでしょうね、きっと」

憎々しい口調で恵麻が言う。そして、

「追加。では、私はあの男に惚れているか、否か」

じっと子宮を凝視し、恵麻が問う。

その答えは、出さなかった。出すべきではなかった。

第三章　淫乱肢体にレオタード

一週間も経《た》てば、他人の家での家事もだいぶ慣れるものだ。

朝食の片づけや、洗濯機を回す間に寝室やリビングの掃除、そして洗い終わった洗濯物干し。一連の家事をテキパキと終わらせる。

「さぁて、何しようかしら……」

早瀬は仕事部屋にて絶賛執筆中。特に呼ばれない限り邪魔はできない。

早瀬の一日の行動はけっこうシンプルで、食事や風呂などの生活以外は、仕事部屋にこもって読書や執筆しているか、居間でアニメやドラマを観ている。その他の行動と言えば、スキマ時間の筋トレくらいなものだ。

とすれば、早速昨日購入したセックスのハウツー本を読むべきだろう。

「では……」

リビングのソファに腰掛けて、ぺらり、ぺらりとページをめくる。その内容は意外にも誠実かつ保健的で、馬鹿っぽいエッチテクニックを想像していた恵麻にはいささか以上に意外だった。

特に恵麻の眼を引いたのは、やはりというかアナルセックス関連の項目だった。

「ほぅほぅほぅ……まんまじゃない……」

まんまというのは、アナルセックスのプロセスに関してだ。

曰《いわ》く、「初めは細い指から行い……」「次に二本の指を重ねて挿入し……」「初挿入はできれば正常位で腰の下にクッションを敷き……」などなど、二日目に早瀬から受けたアナルセックスそのまんまの手順が載っていた。

「う〜ん、キモい……勉強したとは言ってたけど、実践経験もぜったいに積んでいるわよね、あの人」

そう考えると、何やら心の中に、もやもやとした黒い感情が沸き起こる。もちろん、それは嫉妬なのだが、それを無視できる程度には、恵麻も人生経験を積んでいた。

「とはいえ、私の身体を第一に考えてくれていたのは本当みたいね……」

本には「アナルセックスをする際には事前の浣腸を推奨する」とも書いてあった。

「これって、直腸放尿も浣腸のうちに入るのかしら……？」

ちなみに、本を隅から隅まで読んでも、直腸放尿については書かれていなかった。

＊＊＊

本を読み終えると、タイミングよく早瀬がのっそりと仕事部屋から現れた。

たいていの作家がそうだが、熱を入れた執筆後はなんだか魂が抜けたような印象を受ける。このときの早瀬もやや気怠《けだる》そうに歩を進めては、ソファに座る恵麻の横にどっかりと腰を降ろした。

「あー、疲れた……」

「お疲れ様です、先生。順調みたいですね」

「んー、まぁ、そうですね」

曖昧に言う早瀬の腕が不意に、にゅっと伸びて恵麻の肩を抱くと、軽く力を込めて恵麻の身体を己に抱き寄せた。

「きゃッ！　先生？」

「フェラして、恵麻さん」

抑揚のない声でそう命令され、恵麻は隠れて小さくため息を吐くと、「ご奉仕いたします」と声をかけて早瀬の肉棒をズボンから取り出し口に含んだ。

（んぅ……しょっぱい……）

まだ萎えたそれはデリケートゾーンらしい汗臭さがあり、それは恵麻の嗅覚と味覚双方をダイレクトに刺激した。しかし、予想もしていたしこれまで何度も体験していた恵麻は、もはや不快感を覚えることもなく口腔奉仕に没頭していった。

「んぅ、じゅぽ、じゅぱ……」

徐々に体積と硬度を増していく肉棒を口と舌とで弄ぶ。ときおり、気持ちいいのか早瀬が「おおぉぉ……」と呻くのがわりと楽しい。

（今日はひょっとしたら……）

早瀬を口腔奉仕だけでイカせられるかもしれない。そう思い、奉仕に熱がこもる恵麻であったが、突然、早瀬が恵麻の臀部を、トントンと手で叩いた。

「ぷはっ、どうしました？」

「お尻弄るから、ボトム脱いで」

その命令に、恵麻は不承不承ながらズボンだけを脱いだ。

「あれ、ショーツは脱いでくれないんですか？」

「そ、そのまま、どうぞぉ」

今、恵麻が履いているショーツは休日に購入した下品下着で、股布が左右にぱっくり割れ、ショーツの上からでも秘裂肛門に直接触れられる構造になっていた。

「これまた、すごい下着履いてますね」

「よ、喜んでいただけたら……」

「喜びましたとも、ええ、そりゃもう！」

いつの間にかローション塗《まみ》れのコンドームを装着した早瀬の二本指が、遠慮なしに恵麻の肛門に突き立てられる。

ぬるっとあっさりと二本指の第二関節まで挿入され、恵麻は肛門の拡張感に鳥肌がたった。

（やだ……ゾクッとしちゃった……）

痛みや嫌悪ではなく、確かな快楽による身体の反応に戸惑いつつ、口腔奉仕を再開する。

じゅぷ、ぐちゅ、ちゅぱと、口と肉棒、指と肛門とが歪《いびつ》な淫音の二重奏を奏でる。

早瀬の肉棒は痛いほどそそり立ち、ときおり、びくんと強く痙攣する。さらには陰嚢が厚く膨らんできており、射精は近いと恵麻は感じた。

（もう少し、先生がイクまでもう少し……って、嘘ッ!?）

瞬間、恵麻の動きがわずかに止まった。それは、自分の太ももを、ローションとは違った液体が、ツーと垂れていることに気づいたからだった。

明らかにそれは、自分の秘裂から漏れ出た愛液だった。

（先にお尻でイッちゃうなんて、そんなの……！）

恵麻の興奮を知ってか知らずか、早瀬の指の動きも激しさを増した。さらに増加した肛門快楽に恵麻が悶える。

（こうなったら……覚悟を決めるわよ）

恵麻は息を整えると、一度、フーッと大きく息を吐き、そして、思いっきり口と喉とを開いて、自分の顔を早瀬の股間にぶち当てるように肉棒を喉まで突き入れた。

「おごッ!!」

咽頭に肉棒がぶち当たり半《なか》ばでいったん止まるが、それでも力任せに咽頭の奥の奥まで肉棒を呑み込んだ。

あのとき、屋外イラマチオを受けたときと同じ衝撃が恵麻を襲う。だが、今回は事前の覚悟があったためか、もしくは、恵麻の喉も度重なる淫行で変化しているのか、咽頭を肉棒で埋め尽くされてなお、恵麻は乱れることなく口腔奉仕を継続した。

「うわっ、すごい……ッ！」

「おっ、おっ！」と恵麻が呻くたびに咽頭が蠕動《ぜんどう》し、早瀬が思わず口走るほど、それはとてつもない快楽を早瀬に与えた。

「出しますッ！　喉に、いいんですね!?」

余裕のない早瀬のその言葉に、恵麻は瞳で頷いた。その瞬間、堪《こら》えていた精液が鈴口から射精され、いつかのように恵麻の咽頭に直撃した。

「んーーーーッッ!!」

あのときと同じように、噴出した精液が恵麻の咽頭、鼻腔、食道を満たす。その、普通ならパニックを起こしそうになる衝撃を、恵麻は驚異的な忍耐力で耐えた。そうして、少しずつ、細かく、粘つく精液を嚥下《えんげ》した。

「恵麻さん……」

放心した声が早瀬の口から洩れる。恵麻がゆっくり緩やかに肉棒を吐き出すと、「ご、ごめんなさい」と短く断ってから横を向き、「ぐぇっぷ……」と精液臭いゲップを吐いた。

しかし、にもかかわらず、早瀬は恵麻の顎を摑むと、柔らかく強引に恵麻の顔を自分に向かせ、そして、そっとキスをした。

「恵麻さん、そのまま乗ってください。後ろ向きで」

即座の指示に戸惑いながら、それでも恵麻は従順にソファに腰かけた早瀬の上に後ろ向きで跨り、少し迷って肉棒を肛門にピタリ合わせ、

「あ、そっちじゃなくて、前で」

「えぇ？　わ、わかったわ」

と意外な修正指示を受けながら、すでに溢れんばかりに濡れていた秘裂に肉棒を潜り込ませ、それからゆっくりと腰を落とした。

「あぁん……まだおっきぃ……」

「大きい」は半分お世辞だが、半分は本気だ。射精直後の半勃ち肉棒でも、恵麻の膣はぴっちりと隙間なく埋められ、背面座位という姿勢も相まって、否が応にも下腹部の膨らみを感じる。

「今日はゆっくりセックスを楽しみましょう」

ソファに深くもたれかかれ、恵麻を支えるためにしっかりと腰に片手を回し、もう片方の手を恵麻の豊かなおっぱいに当てる。

「ゆっくり？」

「はい、しばらくこのままで」

恵麻がちらりと壁の時計に目を向ける。十一時過ぎ。ならば長くとも昼食までだろう。

「わかりました。でも、先生、我慢できます？」

「頑張ります。差し当って、気を反らすために録画したアニメを消化したいんですけど、いいですか？」

「ムードの欠片《かけら》もないわね……まぁ、先生のしたいように」

軽く肩をすくめると、背後から、ちゅっと頬にキスされた。

＊＊＊

結論から言うと、昼食時もそのあとも繋がりっぱなしだった。

そろそろ昼食の準備を……と恵麻が促《うなが》すと、早瀬は無言で恵麻を繋がったまま騎乗位で持ち上げ、そのままキッチンでパンや果物を調達し、「今日は簡単にこれで」と恵麻の前に置いたのだった。「お、重かったでしょう？」という恵麻の遠回しな抗議にも、無言で力こぶを見せるのみだ。

「うぅ……い、いつまで繋がったままなの？　お股、つらいのだけど……」

「俺が満足するまでは我慢してくださ
い。太腿を支えてあげますから」

「いやぁん！　それ深く刺さっちゃうッ！」

この数時間、早瀬の肉棒は恵麻の膣内でおりに触れ暴れまわり、かつ、恵麻の乳首や陰核を早瀬がランダムに弄るものだから、恵麻はもう数えきれないほどの絶頂を味わっているのだ。

「こんなの……もう、拷問よぉ……」

男に身体のすべてを預け、恵麻が、ビクビクッと激しく痙攣する。股間はもう大洪水になっており、数時間前に敷いたタオルを黒く濡らしている。

「ほら、恵麻さん、水分補給」

「なんでそんなに余裕あるのよぅ……」

早瀬が口に当ててくれた無糖紅茶のペットボトルを喘ぐようにして飲む。ふぅと一息つくのも束の間、早瀬が恵麻の腰を摑み、ぐちゅぐちゅと腰を前後に激しく揺すり、恵麻は恥も外聞もなく「ひぃぃぃぃぃッッ!!」と悲鳴をあげた。

「もうやだぁ！　いじめないでぇ！」

恵麻の必死の訴えは、しかし、早瀬にとっては凌辱欲を惹起させる艶声にしかならない。にゅと伸びた指が恵麻の陰核を摑むと、「やめて、やめてッ！　先生だめぇ！」と抵抗する恵麻にかまわず、きゅと軽くねじった。

「ッッッッッ！！！！」

もはや声すらあげられず、ビクビクどころか、がたがたと身体全体を揺らし恵麻が強絶頂を果たす。そして同時に、肉棒が刺さった秘裂の上の小孔から、びゅびゅと潮飛沫が舞った。

「わっ!? 恵麻さん、潮吹いちゃいました？ ガチイキしてません？」

「してますぅ……ずっとガチイキしてますぅッ！」

「なんか嬉しいですね、ここまで気持ちよくなってもらって」

「ここまで気持ちよくならなくても……あっ、先生、ほんとに抜いてください……」

恵麻の声が切迫する。その声にピンときた早瀬は、とぼけたふりをして「どうしました？」と尋ねた。

「うぅ……その、お、おしっこ……」

正直に告白した恵麻だが、彼女には次に早瀬が言うセリフを完璧に予測できた。

「ほうほう。それじゃ、トイレに連れていってあげましょう」

「そうくると思ったぁ！」

言うやいなや、再び恵麻を——今度は背面位のまま抱え上げると、早瀬は恵麻と共にトイレに移動した。

そしてトイレの蓋を開けて準備を整えると、恵麻に「さ、どうぞ」と促した。

「抱えつづけるのはさすがにつらいんで、手早くお願いします」

「お、覚えてなさいよ……！」

快感と羞恥で顔を真っ赤に染め、ついに恵麻の尿道口から黄金の飛沫が大きな弧を描いた。

「おっと……これは、けっこう、難しい……！」

もちろん抱えられている恵麻は腰を動かすことができないから、尿のコントロールは早瀬の役目だ。

「いやぁ、これは奇特な経験だな。なるほど、銃身が短いからか男より狙いが難しい……エイム力が問われるというか……」

「それ以上言うと殺すわよ！」

さすがに鬼気迫った恵麻の声に早瀬は口を閉じ、代わりに慎重に恵麻の尿をコントロールした。

そして、ようやく恵麻の放尿が終わると、早瀬はゆっくりと恵麻の足を床に下ろし、トイレのタンクに両手をつかせて後背位の体勢を取った。

「さすがに、そろそろ俺もギブアップです。いいですね？」

「こ、これからバックで突くの……？　おま×こ、ホントに壊れちゃう……ひぃっ！」

恵麻の言葉の途中から、ずりずりと早瀬が腰のピストン運動を開始する。初めはゆっくりと、密着した膣と肉棒を剝がすように行われ、そして次第にスピードが速くなる。

「いッ！　いイイ!!」

パンパンパンパンッと尻肉が打擲《ちようちやく》される音がリズミカルに響く。ときおり恵麻が潮を吹くのか、結合部から、ぷしゅ、ぷしゅと飛沫が弾ける。

「おほぉおッ！　おぉぉおッツ!!　深いッ！　抉られてるッ！　子宮ッ！　おち×ぽが子宮殴ってるぅッ!!」

ついに恵麻の両足が力を失い、がくりと腰が崩れ落ちる。女体を支えるのも限界だと感じた早瀬は、ここがラストだと最後の一撃を恵麻の膣奥に打ち込んだ。

「おっほぁぁああッッ!!」

「くぅ、出すぞッ！」

最奥まで突き刺した肉棒から、恵麻の子宮に思う存分精液をぶちまける。

まるで亀頭から先が消えてなくなるような強い快楽を味わい尽くし、二、三度、ぶるりと身体を震わせてから、早瀬はゆっくりと肉棒を恵麻の膣内から抜き取った。

数時間ぶりに外気に触れたそれは、沸騰した淫液に染められ、湯気を立てるほどに熱く滾っていた。

「はぁ、はぁ、はぁーーー。……マジで気持ちよかった……っと、危ないッ！」

完全に失神し弛緩した恵麻が顔面をトイレに突っ込みそうになるのを慌てて抱え上げる。

まだ膀胱に残っていたのか、恵麻の股間から少量の尿が、ちょろちょろと流れ出した。

「これは……さすがにやりすぎたかもしれんね……」

尿で濡れるトイレマットを見ながら、早瀬は反省するように自分の頭を軽く叩いた。

＊＊＊

その日の夜、さすがに今日はもう誘われないだろうと思っていた恵麻だったが、予想に反して早瀬は恵麻を寝室へ来るように命令した。

「嘘でしょ……あれだけ昼間ヤッたのに……」

早瀬の性豪ぶりに慄《おのの》きつつ、恵麻はここぞとばかりに購入した下品下着を身に着けて早瀬の寝室を訪れた。

「先生、参りました」

「いらっしゃい……おおっ！　恵麻さんその下着は？」

「……愛妾にふさわしい服装だと思いましたので……」

恵麻が着ているのは、いわゆる「全身網タイツ」だ。サイズがやや小さいのか、網目の隙間から恵麻の豊満な肉が、ぷりぷりと絞り出されており、また、大きなおっぱい部分や股間部分は穴抜けになって完全に露出している。

「いやぁ、いいセンスですよ、恵麻さん」

「あー……回春あそばしましたか？」

「ばっちりです」

すでに怒張している肉棒を見せつける。その大きさに圧倒されながらも、恵麻は言うべきことは言うべきだと口を開いた。

「先生、昼間のプレイですが……あそこがまだヒリヒリしてるんですけど？」

「さすがに入れっぱなしはなかったですね、反省してます」

「ご理解いただけたようで幸いです。ところで先生……」

部屋に入ったときから気になっていたことを尋ねる。

「……なぜガラス浣腸器と洗面器が寝室にあるんですか？」

「恵麻さんの言うとおり、おま×こはさすがにつらいだろうと思って、今晩はアナルを重点的に責めようと」

「……浣腸は？」

「ええと、今日の昼にアナルを弄ったら指の先に……」

「わぁぁぁぁぁ!!　それ以上は言わなくてもいいです！」

すでにいろんな痴態を見られている仲だが、さすがに生々しい指摘は恥ずかしい。

「あの……直腸洗浄は事前に言ってくれれば私のほうで済ませて……」

「いや、これ好きでやってることだから」

「とうとう認めやがった、この変態……！」

改めて確信する早瀬の変態性に恵麻がげんなりとした表情を作る。

とはいえ、嫌ではあるが、恵麻の身体を気遣っての行動には違いはないので、渋々恵麻は早瀬にお尻を向けた。

「ええと、横寝でいいんですか？」

「いえ、恵麻さんもだいぶ慣れたでしょうし、四つん這いで。あ、頭は下げて、お尻を天井に突き出すポーズで」

「どこまでも女の尊厳を……」

憎まれ口を叩きながらも、恵麻は言われたとおりにベッドにうつ伏せになり、臀部を高々と掲げた。

「おねだり……とかしてくれます？　バカエロっぽく」

「はぁぁぁ？　せ、先生ぇ、恵麻のお尻に浣腸してぇ……直腸のナカを綺麗にしてください……」

やや品《しな》を作って言うと、早瀬は子供のようにはしゃいだ。

「やったぁ！　言ってくれた！　頼んでみるもんだな！」

「もぅ、早くしてぇ……」

ノリよく応じはしたが、突っ伏した恵麻の顔は真っ赤だ。対して早瀬は嬉々とした表情で恵麻の肛門にローションを塗り込み、手慣れた動きでグリセリン濃度十パーセント溶液を二百ｃｃ注入した。

「うぅ……我慢の間はお口でご奉仕ですか？」

「いえ、今日はリラックスしていてください」

過去の経験から口腔奉仕を申し出た恵麻だが、早瀬の言葉は意外なものだった。

が、しかし、

「今日は道具を使います。まずはアナルスティックから」

「えっ!? 道具？」

驚く恵麻の肛門に早瀬がカラフルな樹脂製のアナルスティックを突き刺した。太さは指ほど、長さは指の二倍ほどのそれはあっさりと恵麻の直腸に根元まで呑み込まれた。

「い、いきなりッ！」

「一本じゃさすがに余裕ですね。さーて、何本入るかな……？」

「ひゃん！」

言いながら、次々と早瀬がアナルスティックを挿入する。計五本、早瀬の指三本分くらいの太さで恵麻からギブアップが入った。

「ダメぇ！ それ以上は裂けちゃう！」

「ホント？ まだ俺のち×ぽより細いですよ？ ま、初めてだからしょうがないか」

戦隊ヒーローを想起させる五色のアナルスティックが、恵麻の肛門から、ひょこっと顔を出すその光景は、ユーモラスとも前衛的ともとれる不思議な光景だが、恵麻にとっては強烈な衝撃をもたらすものだった。

微かに沸き起こりはじめた排泄欲求と、その肛門の拡張感に、恵麻の肌が静かに粟《あわ》立つ。

だと言うのに、早瀬の次の言葉は恵麻の想像を絶するものだった。

「それじゃ、動かしますよ」

「それホントにダメ……あああぁぁぁぁッッ!!」

恵麻の制止も聞かず、早瀬は挿入されたアナルスティックを掘削機のように捻転させながら出し入れした。

ぐぽっ、ぐぷっと卑猥な音を肛門が奏でる。五本束ねた太さもさることながら、より凶悪なのはその長さで、指では届かない直腸の奥を、肉棒では触りづらい直腸の襞を、的確に徹底的にアナルスティックが蹂躙する。恵麻は直腸が裏返るような強烈な感覚を味わわされた。

「ひぎぃ……！　せん、せぇ……腸が、裏返るぅ……！」

「気に入ってもらえたようで何よりです」

「気に入ってなんか……！　あッ！」

恵麻の短い悲鳴と共に、下腹部から、ぐるるる……と蠕動運動の音が響いた。

「残念、時間切れですね。恵麻さんトイレへどうぞ。あ、スティックは入れたままがいいですよ。今抜いたら〝おつり〟が出るかもしれませんから」

「ばかぁ、そういうこと言わないぃ！」

緩慢な動作でベッドから降りると、恵麻は片手でアナルスティックを押さえながら、見事なへっぴり腰でふらふらと寝室から出ていった。

＊＊＊

「スティックは？」

「……トイレットペーパーで拭きまくって、風呂場の洗面器にハイターで漂白しておきました」

「……溶けません？」

「ウチのハイターはプラスチック使用可ですので、溶けません」

「さすが恵麻さん、抜け目ない。さて、二回戦行きましょうか」

何でもないことのように早瀬が宣告し、恵麻は小声で「地獄に落ちろ、この変態め……」と毒づくと、しぶしぶ同じポーズを取った。

「二回目なんで量増やします。四百ｃｃです」

「量よりもそのあとが気になるんだけど……」

「まぁまぁ、それは入れられてからのお楽しみで」

「変態……」

つぷとガラス浣腸器の嘴管が都合二回挿入され、四百ｃｃのグリセリン溶液が注入される。

一度〝内容物〟を排泄してしまっているので、経験的にも体感的にも余裕がある。

「お願いですから変なもの……ちょ、ちょっと太いッ！」

肛門に、何か巨大なものが、ぐりぐりと押しつけられ、強引に、にゅるんと恵麻の中に挿入される。首を捻じ曲げて背後を見ると、早瀬の手には奇妙な〝ボール〟が握られていた。

「あ、見ちゃダメじゃん。お尻の挿入感覚で当ててくれないと」

「そんなアホなゲームしてない！　何なの、それ⁉」

それはシリコン樹脂製の直径十ミリのボールで、イソギンチャクの触手のような小突起が表面から無数に突き出しており、それが三個連なったアナルボールだった。

「さぁ、二個目行きますよー！」

「やだ、やだぁ！」

恵麻の抵抗空《むな》しく、二個目のボールも、ぐぽっと恵麻の肛門に埋没してしまった。ボールの突起が直腸壁をまさぐりながら押し進む感触が凄まじい。

「お尻、壊れちゃう……こんな、太いの……」

「三個目」

「あああぁぁぁッッ！」

恵麻の苦悶の声を無視し、早瀬が三個目のボールを強引に押し込む。

「さすがに三個目は半分くらいしか入りませんね……恵麻さん？」

「はなし、かけないでぇ……油断すると、出ちゃいそう……ッ！」

我慢を体現するように恵麻の肛門が、ひくひくと痙攣する。

ここ最近の肛虐でその機能とは別の使い方ばかりされている恵麻の排泄器官は、しかし、やはり本来は「排泄する」穴である。四百ｃｃのグリセリン溶液は浸透圧刺激により便意を惹起せしめ、さらに意識的・随意的に肛門を締める肛門括約筋はアナルボールによってこじ開けられている。排泄の我慢など、できるはずもないのだ。

「あっ、あッ！　出ちゃう、出るッ！」

にゅるんと三個目のボールが恵麻の肛門から排出される。同時にわずかに注入されていた浣腸液も漏れ出るが、それは早瀬が勘よく当てたタオルに吸い込まれた。

「やだぁ、止められないぃッ！　また出ちゃう！」

必死に肛門を窄める恵麻だが、排泄欲求に抗しきれず、さらに、にゅるんと二個目のボールを吐き出す。肛門の蓋をしているボールは残り一つ。恵麻にはもはや言葉もない。ゆっくりと肛門から姿を現したそれをひり出そうとした、その瞬間、

「出しちゃダメですよー」

何とも呑気な声の主が、親指を一個目のボールに当てて、強引に腸奥へと押し込んでしまった。

「きゃぁぁぁッッ!!」

「はい、この二つも仕舞っちゃいましょうねー」

ぐぽっ、ぐぽっと残りの二つも直腸に逆戻る。腸管の生理的排泄欲求を強引に逆撫《さか》でされ、恵麻は強烈な嘔吐感と、確かな肛門被虐快楽に襲われた。

「ひ、酷いぃッ！　あなた、女の身体を何だと思ってるの……!?」

「ベッドの上にクソをぶちまけるつもりですか？」

「くっ……」

「さあ、トイレで出してきてください」

下唇を噛み、悔しそうに早瀬を睨んだあと、恵麻は先ほどよりもさらに慎重で緩慢な動作でトイレに向かった。

＊＊＊

さすがに一言言わないと気が済まない。

苦労して排泄したアナルボールをアナルスティックがつけ置きされている洗面器にぶち込んだあと、恵麻は憤懣《ふんまん》やる方ない表情で寝室のドアを開き、一言文句を言ってやろうと口を開いた。

が、しかし、言葉を発するよりも先に早瀬の持つモノを視認したその瞬間、恵麻は、ぺたんと女の子座りに床に尻を落としてしまった。腰が抜けてしまったのだ。

「なによ、それ……そんなの無理よぉ……入らない……壊れちゃう……絶対壊れちゃうぅ……！」

早瀬が手に持っているモノ。それは、〝ミミズ〟を巨大化したかのようなロングワームディルドだ。直径は十ミリ程度だが、長さは一メートル近くもあり、しかも、節々にはひだのような〝かえし〟もある。

「安心してください。今回は浣腸しませんから」

何をどう安心していいかわからない。完全な恐怖を覚えた恵麻は這ってでも逃れようとするが、すぐに屈強な早瀬の腕に捕まってしまい、そのままベッド上に〝設置〟されてしまう。

「さあ、呑み込んでください」

無慈悲な宣告が行われ、恵麻の肛門にディルドの先端が潜り込んだ。

「いやぁぁぁぁぁッッ!!」

たまげるような悲鳴と共に恵麻の肌がぞわぞわと総毛立つ。侵入を拒もうと必死に肛門を締めるが、たび重なる肛虐と浣腸に緩んだ肛門は上手く閉じてくれず、結果、ディルドはひどくスムーズに恵麻の肛門に呑み込まれていった。

「ち、腸が破けるぅ……やめて、やめてよぉ……ァぁぁあああぁッッ!! お願いぃぃぃ!!」

成人の直腸はおおよそ二十センチ。ディルドはたやすく直腸に侵入すると、大腸との結合部、S状結腸に到達する。

「ひぃぃッッ! お腹の中に入ってくるッ!? そこ入っちゃダメなところぉッ!」

「さすがに、S状は入れにくい……ちょっと、恵麻さん、動かないでください」

「無理、無理よ……」

「動かない！」

必死に尻を振る恵麻に業《ごう》を煮やしたのか、早瀬の手が翻《ひるがえ》り、ばちんと恵麻の臀部を打擲した。

「いたぁい！　ぶつなんて酷いわ！」

「動かなければ打ちません……よし、入った」

「ひぎぃぃッ！」

とうとうディルドがS状結腸の複雑なカーブを攻略し、その長躯の半分ほどが恵麻の腸管に収まる。これから先は大腸だ。それを本能的に感じた恵麻は、もう動くこともできない。

しかし、恵麻を凝固せしめるのは、恐怖の感情だけではなかった。

（嘘よ……私、なんで……ぞくぞくしてる……カラダが、感じてる……ッ!?）

恵麻の肛門は、恵麻が自ら認めたとおり、完全に第二の性器に成り果てていた。

挿入されるディルドは腸壁を、ぞりぞりと擦り、刺激し、肛門は拡張される悦びに震える。腸管が持つ快楽感覚のすべてを刺激され、脳に小さな快感が断続的に炸裂する。

この異常すぎる変態プレイに、自分の肉体は確かな快楽を得ている。その事実に、恵麻は絶望と愉悦を感じた。

だから、恵麻は言った。

「せ、先生……最後は……ひ、ひと思いに……」

震える声でそう懇願する。一瞬、あっけに取られた早瀬は、次の瞬間に「はは、ははは！」と下卑た笑いを曝《さら》け出し、ディルドを挿入する手を速めた。

「この変態。大腸まで犯されて、おかしくなっちゃいましたか？」

「酷いこと言わないでよぅ……こんな身体にしたのは先生でしょぅ……」

「そうですね、でも、そんな身体だったのは恵麻さんですよ」

「私は、そんな、変態じゃない……」

「それをこれから確かめましょう」

ついに、一メートルのロングディルドのすべてを恵麻は呑み込んだ。ぴょこんとしっぽのように恵麻の肛門から数センチだけ飛び出たディルドが小さく揺れる。

これから味わう被虐の蜜を想像し、恵麻の全身が一度だけ、ぶるりと震えた。

「……抜きます」

短い言葉を、恵麻はどこか他人《ひと》事のように聞いた。

瞬間、ディルドの端を、むんずと摑んだ早瀬の手が、ダイナミックに、しかし慎重な速さで翻り、そして、

じゅぽぽぽぽぽぽぽぽぽぽッッ！

「あああああああああああぁぁぁぁぁぁぁぁッッッッッ！！！！！」

腸管に詰められたディルドが一気に引き抜かれ、表面の〝かえし〟が、ざりざりと腸管壁を絶え間なく刺激した。

恵麻の脊髄に快感刺激が炸裂し、脳内に極彩色の火花が弾ける。惹起された快楽が波のように次から次へと押し寄せ、触らずじまいの秘裂からは間欠泉のように潮が、ぷしゅぷしゅと吹き出した。

「らめぇぇ……もうむりぃ……」

くるん、と眼球が裏返り、口唇から舌が垂れさがる。完全に全身を弛緩させた恵麻は、べちゃりと潰れたカエルのようにベッドに突っ伏した……。

＊＊＊

「先生、本当に申し訳ありませんが、今日はノーセックスデーでお願いします！」

翌日、早朝ジョギングから帰った早瀬を待っていたのは、腰を直角に折る角度で頭を下げ懇願する恵麻だった。

「ノーセックスデー？」

意味はわかるがとりあえずオウム返しに聞いてみた早瀬に、恵麻は「はいッ！」と力強く答えた。

「身体が……本当に申し訳ありませんが、身体が保《も》ちません……今日だけは、セックスもアナルセックスもなしでお願いします」

「あー、まぁ、確かに昨日はやりすぎましたね」

「先生のしたいように、と言っておきながらこの不始末は本当にすみません……どこかで必ず挽回しますので、どうか……」

「はい、それじゃ、そうしましょう。もちろん、恵麻さんの『愛妾契約』の落ち度にはしません」

「ほ、本当ですか……？」

「はい、素直に言ってくれてありがとうございます」

正直、早瀬は渋るだろうと思っていた。それだけに、要求がすぐに通ったことに不安を感じる。

（……手や口を使う代替案は用意していたけど、言うべきかしら……悩むわ……）

躊躇し目が泳ぐ恵麻に、早瀬はやや真面目な声で言った。

「ところで、つらいのは二穴だけですか？」

「二穴って……」

デリカシーの欠片もない表現に恵麻が苦笑する。

「……実を言うと、お尻……いえ、肛門ではなく臀部よ？　それと、お腹やら背中やら……けっこう全身筋肉痛で……」

体調を崩しているわけではないが、連日のハードな性生活、及び昨日の強烈な絶頂で恵麻の肉体は無視できないほどに悲鳴をあげていた。

「わかりました。では、まずはマッサージですね」

「はィ？」

早瀬の言葉をすぐには理解できず、恵麻は素っ頓狂な声をあげた。

「え、何ですか、マッサージ？　あの、性的なものはなしと……」

「いえいえ、エロくない純粋なマッサージ。今日まで俺の我儘《わがまま》に十分応えてくれた恵麻さんへの感謝の気持ちを込めて」

「ええと、それは……」

「どうせ、セックスの代わりにオーラルプレイを提案するつもりだったんでしょ？」

「まぁ、はい……」

マッサージという単語は意外だったが、早瀬に触られることに嫌悪感はない。そもそも、この男に触られていない場所などもうないのだ。ならば、断る理由はない。

「それでは、お願いします」

「はい、喜んで」

ニコリと笑う早瀬の表情に、恵麻は何となくなつかしさを感じた。

＊＊＊

「ぉぉぉぉぁぁあああああぁぁぁぅぅぅぅぇぇぇぇぇぇ………！」

もはや寝慣れた寝室のベッド。そこでうつ伏せにされた恵麻は、早瀬の〝手技〟に翻弄されていた。

「恵麻さん、ここはどうですか？」

「ぎもぢいぃぃぃ……」

何となく予感はしていたが、早瀬はやけにマッサージが巧かった。凝っている部分を的確に捉え、ほどよい強さで揉み解す。最初は少し緊張していた恵麻だったが、今では完全に全身を弛緩させ早瀬のマッサージを受け入れていた。

「アナルセックスばっかりしましたからねー、お尻はかなり凝ってますね」

「わたるくん、普通のせっくすもしたでしょー」

「……膣より肛門のほうが筋肉動かしやすいんですよ。だから締まりもいいし、筋肉もよけいに使う。ほーら、ここ気持ちいいだろー？」

「あぁ～　そこそこぉ……」

尻ぼたのど真ん中を親指でぐいぐい押され、恵麻が悩ましい声をあげる。実際、かなり気持ちいい。

「ホント不思議……気持ちよさにも種類があるのね……」

「イクときの気持ちよさと違う？」

「違うわぁ、全然……どっちがいいってわけじゃないけどー……ん～～」

背中とお尻をあらかた揉まれ尽くされ、くりんと仰向けに転がされる頃には、恵麻の意識は半分まどろみかけていた。

早瀬がなにやら恵麻に話しかけるが、ほとんど上《うわ》の空で「あぁい」とか「うぅん」とか、呻き声で返事するだけだ。

その恵麻の姿に早瀬は苦笑すると、やおら部屋から出ていき、キッチンから何やら布製のアイマスクのようなものを持ってきた。

「恵麻さん、最後はおなかあったためるよ。びっくりしないでね」

「おなか？」

「うん、おなか。はい」

早瀬が布製のそれを恵麻の腹部に乗せると、とたんに恵麻の腹部に温熱が広がった。

「うわぁ……温かくて気持ちい……わたるくん、なにこれ？」

「温熱治療具。一時間くらいは保つから。それじゃ、恵麻さんお休みなさい」

「あぃ……おやしゅみ……」

腹部から全身に広がる優しい温熱が最後のトドメとなり、恵麻は深く柔らかい眠りに落ちていった。

＊＊＊

「……すごい、超すごい爽快な目覚め……」

パチリと目を開いた瞬間、恵麻はそう呟いた。朝から感じていた肉体の倦怠感はほとんどない。というより、こんなに清々《すがすが》しい目覚めは人生で覚えがないほどだ。

むくりと身体を起こしてベッドから降りる足取りもかなり軽い。壁時計を見ると、なんと正午を過ぎており、三時間以上も寝ていたらしい。

「しまった、航くんのごはん作らなきゃ」

慌てて寝室のドアを開けリビングに向かうと、そこには当たり前のように二人分の昼食を準備した早瀬が待っていた。

「あ、ちょうどよかった。お昼の準備できているから、顔と手を洗ってきてください」

「はぁい」

自然に答え、洗面台で顔と手を洗い、恵麻はふと違和感を覚えた。

「あら……何かしら？」

首をかしげたまま食卓につき、早瀬と二人で「いただきます」と手を合わせて食事を始める。早瀬が恵麻に「醤油取って」と声をかけ、恵麻が「ん、はい」と無造作に目の前にあった醤油差しを手渡す。

「やっぱり卵には醤油ですね。譲れない」

「……私、他人の趣味嗜好には寛容だから、否定はしないわ。ただ可哀そうと思うだけよ」

「ほー、さすがマヨラーは言うことが独善的ですね」

「当然よ、マヨネーズが最強。親子丼理論で卵には卵由来の調味料が最適……」

と、そこまで言ってようやく気がついた。

さっきから、タメ口でしゃべっている。

「あの……先生……」

「こっちのほうが、俺は好きだよ」

はぐらかすような、あるいは、気恥ずかしさを誤魔化すような、そんな口調で早瀬は言った。

＊＊＊

「ところで、今からジムに行きます」

「えらくまた唐突ね……」

早瀬が指摘も訂正もしないせいで、恵麻も何となくタメ口を続けてしまう。

（ほだされるわけじゃないけど……調子狂うわ……）

「まぁ、恵麻さんも少しは運動したほうがいいよ」

「……含みがありませんか？」

「お互いに、だらしない中年にはなりたくないよね」

「くっ……ちょっとスタイルいいからって、偉そうに……」

しかし、これで納得はいった。早朝のジョギングもそうだが、早瀬は定期的にジム通いもしているようだ。

「わかったわ、でも、私、ウェアとか持ってないけど？」

「それはこっちで用意したから、行きましょう」

早瀬の軽い返事に、恵麻も軽く頷いて同意した。

そのジムは恵麻も知っている高級ジムのチェーン店だった。あまり広くはないが機能的にトレーニングマシンが配置されたジムの一画で、恵麻は絶賛羞恥に身悶えていた。

「いやー、篠原さん、ウェアがすごく気合が入ってますねー。カタチから入る姿勢、私はいいと思いますよー」

「ははは、それはどうも……あはは……」

精一杯の愛想笑いで女性トレーナーのお世辞に応える。

早瀬が恵麻に渡したトレーニングウェアは、なんと上下一体型のレオタードで、さすがにタンクトップと短パンを着てはいるものの、恵麻の豊満なボディラインがはっきりとわかるシロモノであった。

ご丁寧に早瀬は恵麻のためにパーソナルトレーニングの予約まで入れており、時間に追われた恵麻はやむなくそれに着替えるほかなかった。

(恥ずかしい……ジロジロ見られてる……?)

実を言うと、恵麻のような恰好をする女性会員は珍しくはないのだが、そんな事情を知らない恵麻はひたすら羞恥に耐えていた。

「では、六十分コースを始めます。最初は軽いストレッチからです。私の動きに合わせてゆっくりと身体を動かしてください」

「は、はい……」

おそらく二十代後半くらいだろう、素晴らしいスレンダーボディの女性トレーナーが恵麻に運動を促す。さすがにパーソナルトレーナーだけあって、指導はわかりやすく、恵麻も羞恥心が紛れる程度にはトレーニングに没頭することができた。

ちらりと視線をジムの端に移す。そこには、黙々とランニングマシンを走る早瀬の姿があった。

「……はい、それでは五分間休憩しましょう。水分補給してください」

「あっ、はい」

手渡されたボトルを一口飲む。すると、女性トレーナーが、スッと顔を恵麻に近づけて、囁《ささや》くように言った。

「篠原さん、早瀬さんの古いお知り合いだそうですね」

「えっ！　あ、はい、そうです」

突然の会話に恵麻が戸惑う。まさか早瀬のことを言われるとは思ってもいなかった。

「もちろん、会員様のプライベートには踏み込みませんが……もし、早瀬さんといい関係になりたいと思ってらっしゃるなら、早めに勝負したほうがいいですよ！」

「はぁ？」

いきなり何を言い出すんだこの女は、と恵麻の目が丸くなる。

「早瀬さん、何人かの女性会員からアタックされてるんです！　今のところ脈はないんですけど。だから、早瀬さんが女性を連れてきたことは、ちょっとした騒ぎなんですよ！」

明らかに楽しそうな声と口調で女性トレーナーが囁く。そして、なるほどと恵麻はようやく自分がなぜジロジロ見られたのかを理解した。

「……早瀬さんとは仕事上のお付き合いだけですし、今日もその縁でお付き合いしているだけですよ」

「そうなんですね。すいません、よけいなことを言いました」

ぺろ、っと小さく舌を出す女性トレーナーに「いえいえ、お気遣いありがとうございます」と朗《ほが》らかに答え、そして、今度は遠慮なくじろっと早瀬のほうを睨んだ。

男は相変わらずランニングマシンを綺麗なフォームで走っており、そして、そんな男を気にする複数の女性の視線にも気づいた。

「……ふーん」

なんだ、あの男、けっこうモテるのか。と、なぜだか腹立たしい気持ちになる。不意に、早瀬に熱視線を送る女性と視線が交錯すると、件《くだん》の女性は明らかに敵意を込めた眼で恵麻を睨みつけてきた。

「ふーん、物好きもいるものねぇ」

お返しにニッコリと微笑んでやってから、表情とは裏腹の冷たい声で呟く。

そして、恵麻の心の底には、痺れるような、猛るような、言い知れない優越感が沸き起こった。

「何も知らないで、呑気なものね」

「はい？　何かおっしゃいましたか？」

「いいえ。さ、五分経ちましたよ。次のメニューは？」

満面の笑みを浮かべ、恵麻はさらにトレーニングに没頭していった。

＊＊＊

「……すごくモテてるじゃない、見直したわ」

「いや、けっこう困ってるんです。あそこではもっとストイックに追い込みたいのに、お誘いを断るのも大変で……」

ジムを後にした二人は、そのまま外で夕食を済ませ、早瀬が「せっかくだから夜景でも見にいこう」と市内の夜景スポットに向かった。その場所は停めた車のフロントガラスからでも市内を一望でき、早瀬と恵麻はゆったりとしたＢＧＭがかかる車内で静かに会話を交わしていた。

「そういえば、三章までラフを書いたので、明日にでも校正をお願いします」

「ホント？　謹《つつし》んで玉稿お預かりします」

「全部で六章だから、これで半分。折り返しですね」

「イチから構成変えてあるから、ＷＥＢ版とはほとんど別モノになりつつあるわね。ひょっとしてヒロインが……」

「はいはい、そういう予想は作者の聞こえないところでやってね。どんな些細な予想でもネタ潰しになるんだから」

「はーい、わかりました」

しばし、沈黙が二人を包んだ。暗い車内、緩やかなＢＧＭ、ハイブリットモーターの微かな音、どうにも車内という狭い空間は、沈黙を是とする空気があるようだ。

「ジムで運動するのも悪くはないわね。ウェアには文句を言いたいけど」

「えぇ？　あれくらい普通ですよ？　それに……」

逡巡、あるいは、

「……それに？」

「よく似合ってたよ。すごく綺麗に見えた」

「へ？　あ、ありがとう……」

不意に食らわされた一撃に、嬉しさと恥ずかしさと、そして少しの負けん気がこみ上げる。

「き、今日はまるで、デートみたいな一日だったわね」

「もちろん、デートのつもりですよ？」

「……きゃん」

ささやかな反撃のつもりがあっさりと返されて、恵麻は素直に白旗を上げた。ぐいっと助手席から身を乗り出して、運転席の早瀬の肩に頭を乗せる。

こうなってしまっては、雰囲気に流されるしかない。

「……ここに来る途中、ラブホテルがたくさんあったわね」

「まぁ、ここら辺、地元じゃ有名なラブホ街なんで。景観悪くて観光客には受けが悪いんだけど」

「……どこ入るの？」

ドライブデートの夜を思い出す。あのときも早瀬は睦事を交わすラブホテルを事前に決めていた。きっと今日もそうなのだろうと思い、恵麻はなんの含みもなく自然にそう聞いた。しかし、早瀬の返事は恵麻の予想とは違った。

「いや、今日はノーセックスデーでしょ？　このまま帰って寝るよ。ジムでシャワーも浴びたし、あとは寝るだけ」

「え、そうなの？　エッチしないの？」

「エッチしないって言ったの、恵麻さんじゃん」

「それは、そうだけど……この雰囲気で？」

「一日くらいはこういう日もあっていいかなって、確かにそう思った。必要だと思う」

それは「何に」対して必要なのか、恵麻はその部分がやけに気になった。

＊＊＊

その夜、客間の布団で初めての「一人寝」。

「ね、眠れない……」

ジムでの運動もあり身体はほどよく疲労しているのだが、いかんせん、午前中丸々熟睡してしまったせいで、また、もう一つ現在進行形で体感しているある情動のせいで、恵麻はどうしても寝付けずにいた。

「うぅん……むぅ……あー……」

ごろんごろんと慣れない布団で何度も寝返りを打つ。

「…………ムラムラする。性欲を持て余すわ……」

恵麻は決して性欲が強いわけではない。だが、ここしばらくの荒淫のせいで、肉体が情欲に染まっているのも事実である。

「仕方ない、仕方ないわ……これは仕方のないことよ……」

呪文のように「仕方ない」と呟き、恵麻は、そっと片手を股間に当てがった。

「オナニーとか何年ぶりかしら……あぁ、もぅ……あの男、ここまで計算してないでしょうね……」

それなりに濃い陰毛をまさぐり、隠れた秘裂に手を添える。そのまま撫でるように陰核を中心に刺激を与えると、最近イキ癖がついた肉体はすぐに反応してくれた。

「あ……んんぅ……」

ゾクッとした快感が甘く広がり、それがだんだんと体奥に溜まっていくのがわかる。それはだんだんと容積を増し、もう溜められない、零れてしまうと感じた瞬間、とろっと秘裂から粘質な愛液が溢れ出した。

「すごく感じやすくなってる……女の身体って、こんなに簡単に調教されるものなのね……」

ぬちょぬちょと愛液で解れた秘裂を掻き乱し、ずぷりと指を根元まで挿入する。掘削するように指を出し入れし、しかし、恵麻は不満そうに「うぅ……」と唸った。

「全然奥まで届かない……物足りない……」

恵麻の指は女性らしく早瀬の指より短い。早瀬が触ってくれた膣奥にはどうしたって届かない。

「こっちじゃ、イケないかも……」

そう呟いて、はたと恵麻はもう一つの穴のことを思い出した。

「……ここは自分で弄ったことないのよね」

しばらく迷ったあと、恵麻はごそごそと荷物を漁《あさ》ると、自前のコンドームを用意して指にはめた。

「よく航くんはこんなところにおち×ぽ入れる気になるわね、しかも生で……んぅ……！」

開発された肛門に、ずぷりといきなり二本指を挿入する。昨日の肛虐が頭をよぎり、恵麻は精神的にも肉体的にも興奮を高めていった。

「あんな……あんな凶悪なモノでお尻を嬲られて……きっと、これから何度もアレで責められるんだわ……大腸まで入れられて、引っこ抜かれて、腸が裏返って……ううん、腸だけじゃなくて、肛門もおち×ぽでさんざん擦られて、抉られて、それでも航くんは絶対満足してくれないわ……きっと肛門が閉じなくなるまで、責め嬲る気なのよ……」

興奮が淫蕩なセリフを呼び、淫蕩なセリフがさらなる興奮を呼ぶ。指で、ぐちゅぐちゅと肛門をほじくり、惹起された肛門性感がさらに恵麻の秘裂を潤し、過剰な昂りを恵麻に与えた。もう十分だと感じた恵麻は、膣穴にも指を突っ込み、膣と肛門とで肉壁を挟んで擦るように刺激した。

「あっ、くる、くる、きたぁ、イク、イクぅぅ……！」

声を押し殺し、びくびくと背中を振るわせて絶頂する。はぁはぁと荒く息を吐きながら、顔の前に両手を掲げると、それは愛液と腸液とで鈍く光っていた。

「あー……やっちゃった……後処理しないと……」

ノンアルコールのウエットティッシュを取り出し丁寧に股間を拭う。そして指から外したスキンをこれまた丁寧にティッシュにくるんでからごみ箱に捨てる。

「さすがに手は洗いたい……」

むくりと布団から起き上がり、足音を殺して洗面所に向かう。手洗いを済ませてから客間に戻ろうとすると、ふと、早瀬の仕事部屋から明かりが漏れているのに気づいた。

「あら……航くんまだ寝てないのかしら？」

好奇心から忍び足でドアに近づき、引き戸のそれを、すぅと数センチだけ開ける。

開けた視界に見えたのは、一心不乱にキーボードを叩いている早瀬の姿だった。

「わぁ……まだお仕事してるんだ、偉い偉い」

邪魔をしてはいけないと恵麻は早々に見切りをつけてそっとドアを閉め、そそくさと客間に戻った。

そして、いろいろな充足感と共に目を閉じると、ほどなく待望の睡魔がやってきてくれた。

（あ……眠れそう……明日は……エッチするかしら……）

まどろむ意識の中で、しかし、恵麻は唐突に一つの疑問を覚えた。

早瀬航は、いったい何を書いているのだろうと。

＊＊＊

「では、校正させていただきます」

以前のように用紙に印字されたラフ原稿に目を通す。自前のタブレットを検索マシンにして、誤字や脱字、表現の重複や不適切表現の洗い出しを行う。訂正箇所には赤線を、あるいは大きくマーカーを引き、愛用の手帳に疑問点を箇条書きにしていく。たっぷり一時間ほど時間をかけて百枚ほどのラフ原稿を読み込み、チェックし、さらにもう一度初めから読んでいく。

そうして、新品だったプリントがすっかりよれてしまったあとに、恵麻はようやく顔を上げた。

「……先生、いくつか確認してもよろしいですか？」

「はい、もちろん」

「二章と三章とで、主人公の行動にやや一貫性が欠ける部分があります。これは伏線ですか？」

「はい、そうです。二章はＷＥＢ版そのまま、三章で少し変えています」

「なるほど……」

やや迷い、言葉を選んで言う。

「……でしたら、もう少し描写を明確にする必要があるかもしれません。あるいは、イラストで解像度を上げましょう」

「ああ、それはいいですね。実はちょっと弱いかもって思ってたんです」

早瀬のその回答に、恵麻は心底ホッとした。ようやく、建設的な意見交換ができた。

「……あと、三章の戦闘シーンですけど、敵の右側に回り込んでいるはずなのに、敵の左足を切っていませんか？」

「え、ホントに？　うわ、しまった……」

マーカーで示された該当箇所を丹念に読み込み、早瀬はバツが悪そうに頭を掻いた。

「こういうミスは気をつけているんだけどなぁ……ありがとう、恵麻さん」

「ふふ、どういたしまして」

それから、二人はいい緊張感を最後まで保って校正作業を終えた。

「ふぅ……お疲れさま。恵麻さん、悪いけどコーヒー淹《い》れてくれない？」

「ええ、もちろんいいわよ。少し待っててね」

心地よい疲労感を得ながら、慣れた手つきで豆を挽く。淹れるついでに細々《こまごま》した家事を済ませ、二人分のコーヒーを仕事部屋に持っていくと、早瀬はさっそくラフ原稿の訂正をしていた。

「はい、甘くしたわよ？」

「おお、恵麻さんさすが、今は甘いコーヒーが飲みたかった」

セピア色のコーヒーを美味しそうに啜り、早瀬は不意にポツリと呟いた。

「……俺に、もう少し自信があれば」

「はい？　何か言った？」

それは小さな声だったせいで、恵麻にはあまりよく聞き取れなかった。

「いや、ええと……そうそう、昨日のジムのことを思い出して」

「はぁ、ジムの、何を？」

「恵麻さんのトレーニングウェア」

「……なんで今それを？」

適当に誤魔化した言葉に喰いついてくれたので、これ幸いにと話を広げる。

「いや、本当に似合っていたなぁと。こう、全体的にムチムチしてて、出るとこ出ていて」

「それ、褒めてるつもりなの？」

「褒めてますよ？　心から褒めてます」

「はぁ……呆れた」

出るとこ出ていて、と言えば聞こえはいいが、実際のところ、自分の肉体がやや肥満体に近いことを恵麻は十分に自覚している。

早瀬は本気で褒めているのだろうが、それは単にこの男が、むちむち女体が好きな変態というだけであろう。

「……いつか目の前で着てあげますよ。なんなら、タンクトップと短パンなしで、レオタードだけでも……」

口は災いのもと、である。

「……言いましたね？」

「言ったわよ。でも、残念ながら昨日着たウェアは絶賛洗濯中よ。少なくとも今日の夕方にならないと……」

「もう一着似たようなレオタードがあると言ったら？」

「え……？」

のそりと早瀬が立ち上がり、スーと部屋から出ていく。果たして、部屋に舞い戻った早瀬の手には、一着のレオタードが握られていた。

「な、なんで……？」

「こんなこともあろうかと」

「は、謀《はか》ったわね……！」

「恵麻さんが墓穴掘っただけだよ」

ニヤニヤと笑う早瀬の手から、恵麻は渋々とレオタードを受け取った。

＊＊＊

「じ、ジロジロ見るな……！」

希望どおりのレオタード姿を、その豊満な身体を、早瀬が遠慮なしに舐めまわすように見る。むちむちという言葉がここまで似合う女性もなかなかいないだろうと早瀬は思う。肥満体ギリギリのむちむちボディを、極薄のレオタードが締めつけるように包むその様は、年若い少年が見たら確実に性癖が歪むであろうアブノーマルな魅力に満ちていた。しかも、昨日のレオタードは濃紺であったが、今日のそれは白色であり、明らかにトレーニング以外の用途を思わせる造形もしていた。そして、さらに、

「……恵麻さん、下着は？」

「……忘れました」

惚けたふりをして、顔面を赤色に染めた恵麻がそっぽを向く。

恵麻は、ブラもショーツも着けていなかったのだ。

「乳首も下の毛も、丸見えですね」

「言わないでよッ！」

極薄白色のぴっちりレオタードは、それだけで官能的であるのに、インナー未着用のせいで、やや色濃い乳首や、黒々とした陰毛まではっきりと視認できた。

「あぁもぅ……頭おかしくなったと思ってるでしょう⁉」

「いいえ、素直に嬉しいです。実を言うと、ちょっと期待していました」

恥ずかしそうに身をよじる恵麻に近づくと、早瀬は、そっと恵麻の身体を抱きしめた。そのまま恵麻とキスをすると、レオタードの感触を確かめるように、両手で恵麻の肢体を撫でまわした。

「すごくいいですね……布越しでもわかる美しいお尻の張り、ゴムまりみたいな弾力が堪《たま》りません。おっぱいも釣鐘型でずっしりと重くて、圧倒されます」

甘いキスを断続的に続けながら、耳元でひたすら恵麻を絶賛する。

「それでいて顔が小さいから頭身も高い。そんなメリハリボディが極薄レオタードだけ着てるって、もうこれ犯罪的ですよ……」

「あの、もう、それくらいで……恥ずかしくて死んじゃう……」

まるで少女のように顔を赤く染めて、恵麻がか細い声で言う。

いくらなんでもお世辞が過ぎると思うが、実際に自分の肉体で興奮している男の言葉である。満更どころか、満たされた承認欲求が、恵麻を多幸感の棺《ひつぎ》に閉じ込める。

「せんせぇ……手つきがやらしぃ……」

「仕方ないでしょう、恵麻さんの肌が離してくれないんです」

「んぅ、もぉ……」

そっと恵麻が早瀬の股間に手をやると、肉棒は痛いくらいに怒張していた。

「……ここ、苦しそうね。ご奉仕しましょうか？」

ノリノリで恵麻が手探りでズボンから肉棒を取り出すが、早瀬は少し考えて「そうですね……せっかくだから」としばらく恵麻から身体を離した。

「先生？」

「レオタードの感触も楽しみたいので、素股でお願いします」

「す、スマタ？」

聞きなれない単語に恵麻が戸惑い、ハウツー本の内容を慌てて思い出す。

「ええと、スマタって股間で挟んで……それじゃ、先生、横になってくれます？」

「はいはい、ちょうどいい高さのベンチがあるんです」

そう言って早瀬はどこからか五十センチほどの高さの、細長い折り畳み式ベンチを持ってきてリビングの床に置いた。

「ダンベルトレーニングのために買ったんですけどね……はい」

早瀬が服を脱いでベンチに仰向けに寝そべる。なんとなく意を得た恵麻が、早瀬を跨《また》いでがに股で腰を落とすと、ちょうどいい高さで恵麻の股間と早瀬の肉棒とが接触した。

「このほうが、恵麻さんの腰がつらくないはずですよ」

「発想が……なぜにこうもエロに閃《ひらめ》く方向に……」

呆れる恵麻だが、自分の身体を気遣った早瀬の配慮は素直に嬉しい。

「……始めます」

慎重に早瀬に体重を乗せ、肉棒を早瀬の下腹部と自分の秘裂とでサンドイッチする。

「先生、重くありませんか？」

「全然。軽いくらいです」

「よかった……動くわよ……」

やはり慎重に、そのまま恵麻が腰を前後に振るう。レオタードの滑らかなクロッチ部で、そして、それに包まれた肉厚の陰唇で肉棒全体を擦られ、早瀬は思わず、「おお……ッ！」と感嘆の吐息をついた。

素股というより、それは女性器を使った、いわゆるマンこきに近い動きだったが、レオタードの豊満美女がダイナミックに動き、性器同士を擦りつける姿は、視覚的にも官能的にも強い刺激を早瀬に与えた。

「これは、いい……！　すごくいい！」

「本当？　初めてだから、変なときは言ってね」

早瀬の感想にホッとした恵麻が、調子をよくしてさらに腰を前後に動かす。

（んぅ……これは、ちょっと楽しいかも……！）

嚙まないように気を遣う口腔奉仕と違って、この方法はかなり気楽に動ける。しかも、男に乗って見下ろす体勢は、恵麻の加虐的な部分を大いに刺激し、満足させるものだった。

「ふふ、先生の気持ちいい表情がよくわかるわ」

「え、そんな顔してます？」

「うん、とても幸せそうな表情……」

会話をしながらも、恵麻は健気《けなげ》に腰を動かしつづける。

肉棒を秘裂で擦るこの行為は、当然、恵麻にも十分な性的興奮をもたらしており、最初は乾いた粘膜同士の接触だった股間部が、次第に分泌された体液により湿った音を立てはじめた。

「あぁん……先生……おち×ちんの先っぽから、我慢汁出てますよぅ……」

「恵麻さんこそ、レオタード、濡れてますよ。乳首だって、こんなに……」

不意に伸びた早瀬の指が、レオタードの下で硬く尖った乳首を軽くつねる。

「きゃッ！　もう、それは反則よぅ……そっちがその気なら……えい！」

戸惑った恵麻だが、すぐに反撃を思いつく。自分も眼前の乳首——早瀬の乳首に手を伸ばすと、ややぎこちない手つきで、くりくりと弄りはじめた。

「お、おぉ！　いつの間にそんなテクを……！」

「ふふふ……先生、絶対こういうの好きでしょう……あんッ！」

互いに乳首を弄り弄られ、興奮の吐息がぶつかり混ざる。股間の、ねちねちとした粘音は次第に、ぢゅくぢゅくと潤いを増し、濡れたクロッチは肉厚の陰唇を鮮明に現す。

「ふぅ、ふぅ、はぁ……先生、もう、我慢できません……」

「恵麻さん、俺も……」

恵麻が動きを止め、いったん腰を浮かす。

肉棒と陰唇が離れ、にちゃぁと淫液が糸を引いた。

「ええと、股布を横にズラせばいいのかしら……？」

「恵麻さん、俺の顔に乗って」

「……は？」

「乗って、早く」

「ふぇえ!?」

早瀬のあまりに強烈な言葉に混乱した恵麻は、言われるがままに股間を早瀬の顔面に、恐るおそる乗せた。

「こ、これ、こんなことして、本当にいいのッ!? ……あぁん！ 航くんの鼻がッ！」

いわゆる顔面騎乗の体位に、謀らずも鼻の凹凸が秘裂を刺激し、指や舌とは違った刺激を恵麻に与えた。

そして、早瀬も思いがけず妖しい興奮に包まれていた。

（これは、堪らん……恵麻さんのまん汁が顔にまとわりついて、臭いでクラクラする……それに、肉の圧迫感がヤバいッッ！）

生臭い淫液が顔面全体に塗布され、また、肉付きのよいムチムチとした恵麻の太腿臀部がみっちりと顔に押しつけられ、その強烈な液と肉のダブルパンチに、早瀬の異常興奮は最高潮に達した。

「わ、航くん、窒息しちゃうよ!? こ、こんな死に方ダメよ!」

「……………ああ、確かにこれなら死んでもいいかも……」

「ダメに決まってるでしょ!」

胡乱な早瀬の声に、恵麻が慌てて腰を上げる。名残惜しそうに舌を伸ばした早瀬は、不意に離れていく恵麻のクロッチ部に顔を近づけ、そして、両手も使ってレオタードの股布に慎重に嚙みついた。

「え、ええ!? 先生、レオタード食べるの!?」

「…………………ッ!」

生臭い味が口腔に広がり、そして、早瀬は瞬間的に力を込めて、レオタードの股布を嚙みちぎり、さらに両手で布を裂いた。

びりぃぃと布が裂ける音が短く響き、恵麻は不意に股間が涼しくなるのを感じた。

「せっかくのレオタードが……!」

「また買ってあげますよ。ほら、これで入れやすくなったでしょ?」

早瀬の蛮行により、クロッチ部は縦に長く裂けてしまっており、恵麻の秘裂と、そして肛門まで完全に露になっている。

「この、せっかちなんだから……」

言いながらも、恵麻の瞳も完全に色欲に染まっている。再び腰の位置をズラした恵麻は、片手で肉棒の位置を調整し——少し迷ってから、前の穴でゆっくりと肉棒を呑み込んだ。

「お、お、おっ、おあああぁぁぁぁ……おへそまで来るぅぅ……ッ！」

たった一日ぶりの挿入なのに、恵麻には千秋の思いであった。それくらい、恵麻の肉体は肉棒に飢えていたのだ。

「おほぉぉ……先生のおち×ちん、おち×ちんすごいのぉ……簡単に子宮まで届いちゃう……ッ！」

通常の騎乗位よりも早瀬の腰の位置が高いから、腰を半分落とすだけで肉棒が膣奥に突き刺さる。この体位を、恵麻は完全に気に入ってしまった。

「熱ッ……恵麻さん、ガチで感じてますね、おま×この奥がすげぇ熱い……！」

亀頭に感じる子宮の熱から、早瀬は恵麻が本気で感じているのを察した。

（ここは、一度イカせたほうがいいかな……）

密かに決意すると、両手で恵麻の腰をがっしりと摑んだ。

「先生……？　ひぃ、まさか!?」

「さあ、イキ狂っていいですよ……！」

慄く恵麻にニヤリと獰猛《どうもう》な笑みを見せた瞬間、早瀬の腰が馬のように跳ね、ガツンと恵麻の膣奥に強烈な一撃を放った。

「あッッ!! ッッッッッうぅぅ！！！！」

十分に官能が高まっていた恵麻にとって、それはあっさりとトドメの一撃となり、レオタードの肢体が艶めかしく揺れた。

「淫乱、エロい身体なエロい女だ」

「こんなデカチンに突かれたらぁ……女はこうなっちゃうわよぅ……」

くたりと力の抜けた恵麻の身体が早瀬にしな垂れかかる。恵麻が落ちないようにしっかりとレオタードの肢体を受け止めた早瀬は、恵麻の首筋を舌で優しくペッティングしながら、しかし、腰はゆるやかに動きを再開していた。

「あん、あぁん……航くん、私イッたばっかりで敏感だからぁ……」

「だからゆっくり動いてあげてるでしょう？　ほらほら、恵麻さんも腰を動かして。俺がイカないと終わらないですよ」

「そんな、無理よぉ……」

言葉では無理と言いながら、恵麻の腰はさらなる快楽を貪欲に求めて、艶めかしいグラインドを開始した。

じゅっぷ、じゅっぷと大きなグラインドに合わせて結合部から淫液の飛沫が飛ぶ。

（……エッッッロ！）

豊満な肉体の恵麻が、汗で透けたレオタードを着て、男の上でがに股になって腰をグラインドさせるその姿は、下品なエロスと健康的な女性の肉体美が並立した、官能的という言葉だけでは物足りない、圧倒的な卑猥美を感じた。

「くっ……動画に残したい……恵麻さんのエロダンスを記録したい……ッ！」

「ダ、ダメよ！　それはダメ！」

「わかってます。……それじゃ、そろそろ……ッ！」

いい加減、早瀬の我慢も限界だ。腰の動きを止め、恵麻のグラインドを加勢するように両手で恵麻を支える。

「激しく動いちゃってください！」

「うふ、それじゃ、絞りとってあげる！」

早瀬の肉棒を、その根元を支点にして、恵麻の腰が縦横無尽に動きまわる。きゅっと締めた膣の中で肉棒が暴れ、恵麻もそうとうな快感を得るが、早瀬はそれ以上のようで、快感に耐えられないように目を閉じ、「うおぉ……」とあまり聞けない情けない呻き声をあげている。

(こっちも余裕はないけど……ッ　そんな可愛い顔されたら、頑張っちゃう!)

これがラストスパートだと思い決めた恵麻は、おへそに力を込める。そうして女の穴が肉棒を食い締めたのを確認すると、小刻みに腰を上下に振った。

「ッッッおお!　すげぇ!」

たまらず早瀬の口から歓声があがる。その刺激は早瀬の忍耐を抜くには十分すぎる刺激だった。

「出すよ、恵麻の奥にッ!　出るッ!!」

「出して!　航くんの熱いザーメン、私のナカにちょうだいッ!」

昂った男女が情を交わす。瞬間、恵麻の子宮に早瀬の精液が噴出され、二人は多幸感に満たされながら、どちらともなく口唇を寄せ、互いの舌を貪った。

第四章　ドローンでハメ撮り

「さて、今週も振り返ってみましょうか」

　次の日曜日。「愛妾期間」十四日目。今週ももらえた「休日」に、恵麻は再び一人で外出をしていた。

　今週もいろいろあった。スローライクのポリネシアンセックス、異形のアナルグッズによる大腸蹂躙、ノーセックスと自分から言っておきながらのアナルオナニー、破廉恥なレオタードでの踊るような騎乗位セックス……。

「今週もハードだったわね……いや、普通に受け入れる私も頭おかしいわね……」

　ここに至れば、己の変態性を少しは認めなければならない。そして、早瀬との身体の相性も。

「……あと半分か」

名残《なごり》惜しく感じている自分がいることを、恵麻は素直に認めた。八年の不遇の年月の中で、今が最も女として充実した性生活を送っていることは確かであるし、なんなら仕事においても、「早瀬航」の最初の読者という立場は何物にも代えがたい魅力あるものだ。

「じゃあ、私生活は？」

ポツリと呟く。

「……考えるまでもないわね。男にリードされて、デートを楽しんで、料理を楽しんで、お酒を楽しんで、たまの休みにこうして一人の時間も持てる。なにこれ、勝ち組……？」

ドライブや外食で恵麻が金銭を支払うことは一度もない。何度も恵麻が支払いを申し出ても、早瀬は頑として聞き入れないのだ。

が、ここで、とある疑問が心に浮んだ。

「……そもそも、あの人はなんでこんなに財力あるの？　金持ちのボンボンだから？」

八年前の騒動のときに、早瀬の家がどれほどの金持ちで、地元権力を有しているのかは痛いほど思い知らされた。実際、あのスポーツジムで早瀬に秋波を送る女性の中には、そういう期待をしている人もいるのだろう。

「身体の相性よし、甲斐性よし、財力よし、実家太い、将来性……もよし。……なぁにこれ、外堀完全に埋まってるじゃない……」

ぐだーと机に突っ伏す。そうして、のろのろと顔を上げて、手帳に記した早瀬との性行為や変態行為をじっくり読み込む。

「……これ以上の変態プレイとか、あるのかしら？　あるんだろうなぁ……」

そして自分は、それを拒む理由をひと欠片《かけら》も持っていない。

恵麻は、静かに、静かに、覚悟を決めた。

＊＊＊

もはや座り慣れた助手席のシート、二人で選曲したプレイリスト、澄み渡った快晴の空、濃く匂う海の潮の香り、これでテンションを上げるなというのが無理な話だ。

「空、たっかいわねぇ！」

助手席の窓から空を見上げて恵麻がはしゃいだ声を出す。

今日の外出は早瀬が前々から準備していた一泊旅行である。恵麻の服装は、ヒップと太腿がぴっちり強調されるスキニーのブルージーンズに、むちむちの二の腕を大胆に露出したノースリーブのストライプシャツで、ストライプ模様の立体感が豊かな爆乳をさらに目立たせている。

本来ならばこういう身体の線が強調される服装は恵麻のファッションではないが、早瀬が喜ぶだろうと考えた結果だ。

そして、その成果は大成功らしく、早瀬もまた上機嫌で恵麻を何度も褒めちぎった。

「そうですね！　晴れてよかったです！　何度も言いますけど、せっかくの恵麻さんのお洒落《しゃれ》が曇天《どんてん》じゃ映えませんから。本当、すごく似合っていて魅力的ですよ！」

「まぁたぁ！　何度も言われると恥ずかしいですって！」

「いやいや、何度も言わせてくださいよ！」

もちろん、恵麻も満更ではない。休憩に立ち寄ったコンビニで買い物客からジロジロ見られたのには辟易《へきえき》したが、それも早瀬がさりげなく身体で視線を切ってフォローしてくれたことで、逆に恵麻の乙女心が充足する結果となった。

「ちょこちょこ観光名所に寄りますけど、疲れたり日差しがキツかったりしたら言ってくださいね」

「ありがとう、大丈夫よ。ちゃんと日傘も用意しているから」

スッと運転席の早瀬に頭を寄せて、運転の邪魔にならない程度に男の身体に甘える。早瀬もすぐに反応し、左手で恵麻の豊満な太腿を撫でまわした。

「……ドライブは独りがいいって、思ってた時期もあったんですけどね」

「そーぉ？　独りがいいときもあるんじゃない？」

「そうですね、でも、今は恵麻さんと二人がいいです」

「……そうね」

終始甘い雰囲気の車内に、恵麻はうっとりと目を細める。

すると、我慢ができなくなったのか、早瀬の手がやおら伸び、恵麻の臀部を、ぐにぐにと揉みはじめた。

「あ、もう、すぐにお尻揉むんだから……」

「下着の感触がない……恵麻さんもしかして……？」

「ちゃんとTバックを履いているわよ」

ちゅっと早瀬の額にキスをしてやると、男は嬉しそうに笑った。

それから二人は、景勝地をドローン撮影したり、水族館でイルカと触れ合ったり、クルーズ船で洞窟観光したり、新鮮な海鮮料理に舌鼓《したづつみ》を打ったりしながら、旅行を楽しんだ。

他人の目があるところでは紳士然としていた早瀬だったが、二人きりになると、とたんに、べたべたとイチャつき、恵麻へのボディタッチを求めた。恵麻も積極的にそれに応え、宿泊地である山間の宿に着く頃には、二人の興奮は最高潮に達していた。

早瀬が取った宿は、やはり高級宿だった。その景観を見て、恵麻は「はーーぁ……」と感嘆のため息をついた。

「一泊いくらするんだろう……？」

「そうでもないですよ。熱海や箱根とかの高級宿のほうがもっと高いんじゃないかな。知らんけど」

「知らんのかい」

「地元から離れたことないですからねー。さ、入りましょう」

早瀬に促《うなが》されて恵麻はスタッフに案内された離れの宿に足を踏み入れた。

そこは、小さな一軒家とでもいうべき母屋《おもや》と、広く手入れの行き届いた庭とが調和した閑静な宿だった。

耳を澄ませば、露天の温泉だろうか、わずかに水の流れる音が聞こえる。あれだけ濃厚だった汐の香りも届かないほどの山の中だが、洗練された空間はそんな雰囲気を微塵も感じさせない。

「ふわぁ……すごい……」

「とりあえず、夕ご飯までは自由時間としましょうか」

「うん、そうしましょ」

夕陽はとうに落ち、周囲は夜の帳《とばり》が落ちかけている。離れ際にたっぷりと早瀬と抱擁を交わすと、恵麻はいそいそと宿の設備チェックを始めた。

「欧州風なのかしら、調度もいいわね。当たり前だけど部屋風呂もトイレも綺麗だし、洗面所も広ーい。あっ、ミニバーがある。中身は……うわ、高いお酒ばっかり。うーん……ねだったら飲ませてくれるかなぁ……」

ざっと室内を見まわり、ベランダに出る。

「わっ、これってガーデンスペースって言うのかしら？　ウッドデッキでお洒落～。ラタンのチェアも素敵……」

二台用意されているラタン・チェアにもたれかかり、ぼうっと空を見上げる。次第に強さを増す星の光が無数に見え、深夜にはどれほど綺麗に見えるだろう、と恵麻は期待に胸がより膨らんだ。

ふと、早瀬の様子が気になり背後の母屋を見やる。すると、早瀬はソファに座って、いつかのように、タブレットを見ながらワイヤレスキーボードを一心不乱に叩いていた。

「わぁ、お仕事してる。真面目ねぇ……」

調度や設備にはしゃぐ自分が少しだけ恥ずかしくなる。が、それと同時に執筆姿の早瀬がカッコよく思える。真剣にキーボードを叩く男の姿を、恵麻は飽きずに遠くから、ずっとずっと眺めていた。

＊＊＊

夕食は意外なことに肉料理だった。Ａ5等級の地元牛を使った料理は、それまでの恵麻の肉料理観が一変するほどの美味であった。

「本当に……本当に……こんな味が……」

「恵麻さん、語彙《ごい》力語彙力」

「だって、サシが口に入れた瞬間蕩けて……ものすごく濃厚な香りが口と鼻に広がって……」

「美味しかったですねー。あんまり食べると胃がもたれちゃうんですけど、たまに食べると圧倒されますね」

「圧倒……確かにそうね……」

食後、ソファに座り二人がくつろぐ。

恵麻の手にはクリスタルグラスが握られており、ワンフィンガーに注がれたブランデーが琥珀色の輝きを揺らしている。

「航くん、ホントに飲まないのぉ？」

「下戸《げこ》じゃないんですけど、酒飲んで気持ちよくなったことないんですよね。セックスのほうがいいです」

「ふーん……」

前後不覚になるわけにはいかないから、恵麻もこれ以上飲むつもりはない。

少し考え、とあるアイディアを思いつくと、恵麻はグラスに少しだけブランデーを注ぎ足し、そしておもむろに上着を脱ぎはじめた。

「恵麻さん？」

「こうしたらどーおー？」

ブラジャーまで脱ぎ捨てて、Ｇカップの爆乳を曝《さら》け出すと、くいっと寄せて谷間を作り、そこに少量だけブランデーを垂らして注いだ。

「はい、どうぞぉ」

「……………エロぉ」

爆乳の器《うつわ》に注がれたブランデーを、これは拒否すべきではない、と思い決めた早瀬は、爆乳に顔を埋めるように突っ込み、口唇に触れたブランデーを、ずずずと音を立てて啜《すす》った。

「やぁん、やらしぃ音ぉ」

「ごちそうさまでした。味はわかんなかったけど、恵麻さん成分が溶けていて美味しかったです」

真面目ぶった早瀬の返事に、恵麻がケラケラと笑う。

「ほぉら、こっちもどうぞぉ……」

ズボンとショーツを膝下まで下げ、あっさり露出したデリケートゾーンを中心に三角州を作る。そうして、グラスを傾け残ったブランデーすべてを乳房の中心に、トロトロと注ぐと、それは女の肌を滴る数条の滝となり、最終的には合流し、恵麻の股間に小さな琥珀の湖を作った。

早瀬の喉が、ごくりと鳴る。無言で彼は恵麻の股間に顔を突っ込むと、先ほどよりもさらに粗野に、下品に、ずぞぞぞぞッ！　と派手な音を立てて啜った。

また、それに留まらず、馬鹿みたいに舌を長く伸ばすと、ブランデーに濡れた恵麻の陰毛を、でろでろと舐め、さらに、下腹部、臍部、胸骨、そうして左右の爆乳と、べろんべろんに舐め上げた。

「……ごちそうさま、変態女」

「お粗末さま、破廉恥男」

コトリと恵麻がグラスをテーブルに置くのを合図に、二人は濃厚なキスを交わす。

「……ちょっとベタベタするわね。航くん、露天風呂に入りましょ？」

「恵麻さん酔ってない？　大丈夫？」

「これぐらい平気よ。航くんは？」

「ほとんど飲んでないようなものだし、俺も大丈夫」

「それじゃ……」

しっかりとした足取りで立ち上がり、恵麻は荷物が入ったバッグに視線を送った。

「……航くん、先に露天風呂に入っていて、すぐに行くから」

「……わかりました」

なにやら思惑があるのだろう、と考えた早瀬は、素直に頷《うなず》くと、露天風呂があるガーデンスペースへ向かった。

「さて、と……」

男が視界から消えたのを確認し、恵麻はバッグをまさぐった。そして、お目当ての物を取り出すと、微妙に顔を引き攣らせた。

「……これは、アルコール入れてないと無理だわ……」

そう一人ごち、準備のために服を脱ぎはじめた。

＊＊＊

「あああぁ……気持ちいい……」

ガーデンスペースの露天風呂は、人造大理石《テラゾー》で作られた高級感溢れるもので、四、五人は一度に入れる広大なものだった。

その広さを十分に活用し、早瀬は浴槽の縁に頭を乗せ、肢体は大の字に伸ばしたリラックスした姿勢でいた。

「……恵麻さん、何する気だろ」

今日の恵麻はやけに積極的だ。服装はもちろん、人前でイチャイチャしても嫌がらないし、さっきの痴態は正直興奮した。そして、

「航くんって、何度も言うし……あれは完全に勘づいてるよなぁ……」

「航くん」と呼ばれることは、早瀬にとっては面映《おもは》ゆく、気恥ずかしく、そして、本心では滅茶苦茶嬉しいことである。

それを理解して、あざとく名前呼びする恵麻の強《したた》かさを、しかし、早瀬は心地よく感じていた。きっとそれは、恵麻の好意なのだろうから。

と、そんなことを考えていると、母屋のガラス戸が空いて、バスタオルで身体を巻いた恵麻がやってきた。

「……お待たせ」

アルコールのせいだろうか、恵麻の顔はやけに赤い。

「今さらバスタオルもないでしょうに」

「まぁ、ちょっとね……それより、航くん、私の身体よく見える？　暗くない？」

恵麻の珍妙な問いかけに早瀬が首を捻る。

はて、このエロい女性は何を言っているのだろう、と考え、周囲を見回す。

「ええと、もう完全に夜ですけど、照明も点《つ》いてライトアップされてますから、ちゃんと見えますすよ」

「そう……」

短く答えると、恵麻は露天風呂の縁まで、とことこと小さい歩幅で歩き、見上げる早瀬の眼前に立った。

「じゃあ、航くん、しっかり見てね……」

恵麻がバスタオルをゆっくりとほどき、両手で持つ、そして、まさしく、春先に出現するかもしれない変質者が、己の裸体を見せるがごとく、バスタオルを左右に開いた。

「じゃ、じゃーん……」

「うおッッ!!」

控え目なセルフ効果音は、すぐに早瀬の歓声に掻き消えた。

「す、スリングショット……!!」

恵麻がバスタオルの下に着ていたのは、正面から見ると、肩と股間とをVの字に紐で繋《つな》いだだけの、異常に露出度の高い水着だった。

しかも、本来は紐とはいえ乳房は隠すデザインであるべきなのに、この水着は、あえて乳房の部分だけまん丸くくり抜かれており、逆に爆乳を強調するデザインとなっている。

さらに股間はもっとひどく、股布どころか紐どころか、もはや〝糸〟と形容すべき細い一本線が秘裂と肛門に食い込んでいる。

「か、感動ものだ、ドスケベ水着だ……！」

「ど、ドスケベとか言わない！」

頬を紅潮させた恵麻は、しかし、さらにとんでもない爆弾を投下した。

「あと……はい、これ」

浴槽の縁に、コトリと一台のデジタルカメラを置く。

「はい……？」

「それ、最新のウェアラブルカメラ。防水だし、４Ｋだし、ブルートゥースで何にでも繋がるし……とにかく、性能のいいカメラ」

「はい……」

「撮っていいから……」

「……はい？」

「だからぁ！」

業《ごう》を煮やした恵麻が喚《わめ》く。

「今夜だけ、エッチの撮影、全部、余すとこなく！　オールオッケーってこと！　あんだすたん！」

あまりの衝撃に固まった男の一部が、そこだけ石化を免《まぬか》れたように、ばしゃりと水面を叩いた。

＊＊＊

「ただし、一つだけ条件があります！」

「なんでしょう!?　恵麻さんの痴態を撮影できるなら、親でも質に入れます！」

「映像データは、私が徹底的に修整します！　顔や、個人を特定できそうな音声、その他もろもろ！　全部修整します！　加工したデータのみを航くんに渡します！」

「ぐっ……無修整はダメですか……？」

「ダメッ！　さすがにそれはダメッ！」

「むぅ……」

ぎり……と歯を食いしばり懊悩の果てに、早瀬は苦し気な表情で頷いた。

「一生のお宝を手に入れるためならば……妥協せざるをえない……」

「大げさな……」

「あ、少し時間をください。十分程度です」

突如、早瀬が、ばしゃりと露天風呂から上がると、全裸のまま、水を滴らせたまま母屋へ、ささっと移動した。

「な、何……？」

ほどなく、片手に愛用のデイパック、片手にスマホ二台とタブレットを持って現れる。

「ブルートゥースね……うん、ペアリングは良好……アプリは……これだ。環境設定、光量設定……問題なし。ナイトモード最強だな……操作はスマホ、表示はタブレットに設定……よーし」

凄まじい手際と速度で撮影環境を構築していく。さらに早瀬は、デイパックから朝の景勝地で使ったドローンを取り出した。

「え……？」

「追尾モードいけるよな……ほぉ、さすがＪＩＳ規格、このカメラすごいよ！　ドローンに接続できる！　しかも、ドローンのライトまで連動できる！」

「待って、待って！」

「バッテリーも充分！　ドローン起動！」

ぶぅんと微かな羽音を立ててドローンがカメラを乗せて飛翔する。そしてそれは、恵麻の正面でぴたりと静止した。

「ドローン操作のスマホ自体は左腕にバンドで固定……おぉ！　ＣＯＭＰやＰＩＰ-ＢＯＹみたいだな！」

早瀬の言葉の意味が一割も理解できないが、とんでもないことが行われていることはわかる。

「よしよし、距離の調整はカメラのオートズームとオートフォーカスでバッチリいける！　さすが４Ｋ！　限界までズームしても映像が綺麗だぜ！　これでハメ撮りが自動でできる！　お待たせしました、恵麻さん！」

ようやく早瀬が現実世界に戻ると、恵麻は蹲《うずくま》るようにして頭を抱《かか》えていた。

「恵麻さん……？」

「猫に鰹節って、こういうことを言うのね……」

「さすが敏腕編集者、難しい諺《ことわざ》を知っていますね！」

「テンションたっか……！　貸しなさい！」

恵麻がカメラの映像が表示されているタブレットをひったくって画面を見る。

そこには、タブレットを凝視するドスケベ水着を着た痴女が、凄まじい解像度で鮮明に映っていた。

「おおおおぉぉぉぉ………」

思わずタブレットをぶん投げそうになるが、なんとか堪える。

「こんな……こんなメタ認知の仕方って、ある……？」

「これも一つの新しいカタチですね」

「うるさいッ！」

そう叫び、しかし、力なくタブレットを早瀬に返し、恵麻はがっくりと肩を落とした。

「好きにしなさいよ、もぉ……」

恵麻が知りうる限り、最高の笑顔で早瀬が「はいッ！」と答えた。

＊＊＊

「それじゃ、エロポーズから行きましょうか。自己紹介は省略して」

「アダルトビデオじゃないんだから……」

「おや、恵麻さん、そういった知識もお持ちで？」

「ノーコメント！　……エロポーズって、どんなのよ……」

もちろん、恵麻はグラビアの経験などないし、そういった文化に触れる機会もない。

「えっと、満面の笑みで、がに股ダブルピース」

「うぐ……」

頬をひくひくさせながら何とか笑顔を作り、恵麻がゆっくりと腰を落とす。スリングショットの股糸がさらに強烈に股間に食い込み、胸部では絞り出された爆乳が卑猥にその形を変えた。

「……最高」

言葉少なく、動画撮影中にもかかわらず、ひたすらに早瀬がスクショボタンを、トントントントンと連打する。それに合わせて、カシャリカシャリと撮影音がガーデンスペースに鳴り響き、そのつど恵麻は羞恥に身を震わせた。

「もう、泣きたいんだけど……」

「その表情もすごくそそります」

「馬鹿ぁ……」

思わず恵麻が顔を背ける。

豊満ムチムチ美女がドスケベ水着を着て、エロポーズで羞恥に身悶える。これほどまでに淫靡な被写体があるだろうか、いやない、と早瀬は強く思った。

「次はこういうポーズを……」

十分に堪能した早瀬が次のポーズを要求する。すでに恵麻は半べそ状態だが、それでも従順に男の要求に従う。

「こ、こんなの丸見えになるじゃない……」

一度、くるりと背中を見せてから、両脚を広くVの字に開く、そうして、上体をぐーっと前に倒し両手を地面につく、いわゆる「股覗き」のポーズだ。

「すごいなぁこれ……ま×ことケツマ×コがくっきり見えるのもすごいけど、爆乳が垂れてるのが滅茶苦茶エロい！　顔がおっぱいで隠れてる……ッ！」

「解説いらないからッ！　というか、垂れてるとか言うなぁ！」

「いや、褒めてるんですよ、本当ですよ。……さて、そろそろエロいデコレーションをしましょうか」

喚く恵麻に早瀬が近づく。その手には、いつの間にか異形のアダルトグッズが握られている。

「な、何するつもり……!?」

「恵麻さんの大好きな穴を弄《いじ》ってあげようと思って」

そう言うと、早瀬は恵麻の股間に食い込む股糸をわずかにずらし、お決まりのローションを肛門に塗りたくった。

「こ、こんなポーズでお尻弄るのッ!?」

「こんなポーズだからですよ」

早瀬が手に持ったそれは、直径一センチ大のボールが五個連なったアナルバイブだった。

過去に使われたアナルボールより直径は小さいが、そのぶん五個もあり、さらに振動機能までついたシロモノだ。

「さあ、ケツマ×コの力を抜いてください」

「この姿勢じゃ無理よぉ！ ぎゃん！」

先頭の玉が、ぬぷりと肛門に潜り込む。恵麻がその感触に慄《おのの》くのも束の間、すぐに、ぬぷぬぷぬぷッ！ と残りの玉も一気に肛門に埋没していった。

「きゃぁあ！ いきなり全部は酷いよぅ……」

恵麻の泣き言に軽薄な笑みで応えると、早瀬は遠慮なしにアナルバイブのスイッチを入れた。

「ひぎぃッ！ こ、肛門が抉られて、震えて……！」

「まだまだこんなもんじゃないですよ……！」

さらに早瀬は、アナルバイブの柄を摑《つか》むと、無造作に、まさしく掘削するかのように上下にピストンしはじめた。

「おほぉぉぉぉッッ!!　ダメぇ！　それ肛門がめくれちゃうぅッ！」

「はは！　ケツ穴が噴火してるみたいですよ！　ほら、見て！」

早瀬が恵麻の顔の前に、タブレットを、コトリと置く。その画面には、まさに恵麻の肛門がアナルバイブに蹂躙《じゅうりん》される映像が、リアルタイムで映っている。

「う、嘘ぉぉ……これが私のお尻の穴なの……？」

「さあ、どうなってるのか教えてください」

「私が、言うの……？　これを、言わせるの……？」

恵麻の瞳から恥辱の涙が零れる。

「酷い男だわ……女にそんなことをさせるなんて……酷すぎる……」

「早く、恵麻さん！」

急《せ》かす早瀬が、パンッと恵麻の尻を軽く叩く。「ひぃッ！」と悲鳴をあげた恵麻は、渋々と口を動かしはじめた。

「こ、肛門にアナルバイブが突き刺さって……あぁ……ズボズボ、ほじられてるぅ……引き抜かれるときに、肛門が裏返って……押し込まれると、ボコッ、てへこんで

「……あぁ、酷い……肛門が、オモチャに犯されてるぅ……」

「マン汁がもう溢れてますよ、ほら！」

早瀬の指が秘所に突き立てられ、ぐちゅぐちゅと派手な音を立てて掻きまわされる。恵麻は短く、「ひぃッ！」と悲鳴をあげ、高く掲げた豊かな臀部を、ぶるりと震わせた。

「そうだ、こっちの穴にも食らわせてやりますよ」

「そんな無理よッ！」

「そっか、指以外で二本挿《ざ》しって未経験でしたね。それじゃ、初体験といきましょう」

早瀬がデイパックからグロテスクなバイブを取り出す。

「ほら、これをおま×こに入れて上げますよ」

「ひぃぃッ！　そんなに太いの……ま×こ壊れちゃうッ！」

「俺のち×ぽよりは細いよ、たぶん。ほら、タブレット見て、ずっぽり入る瞬間を見逃しちゃダメだよ」

いやいやと首を振る恵麻の顔を強引にタブレットに向かせると、早瀬は恵麻の秘裂に巨大なバイブを、ずぷりと先端だけ挿入した。

凶悪なエラ張りをしたバイブの先端が、小陰唇を巻き込みながら突き刺さり、そのあまりにグロテスクな光景に、恵麻は目を離すことができない。

「なんて、グロテスク……本当に、肉穴じゃない……」

バイブが、ずぶずぶと秘裂に埋没する様を凝視し、それは恵麻の興奮を高める結果となった。さらに、

「こっちのスイッチも入れますよ。恵麻、壊れないでね」

基部のスイッチを早瀬が押すと、バイブはその大きさに相応《ふさわ》しい荒々しい振動を始め、すでに振動しているアナルバイブと不吉な重奏を始めた。

「ひぎぃゃぁぁぁッッ!!　無理無理ッ！　それ気持ちよすぎるからぁッ！」

膣壁にある性感帯を、表と裏から苛烈に責められ、恵麻の脳内に小さな快楽が立てつづけに弾ける。

普通は見えぬ場所で行われる凌辱行為を、今は眼前のタブレットによって視認できてしまう。その非日常で異常な視覚情報は、相乗的な快楽の倍加を恵麻にもたらした。

「やだぁぁぁッッ！　おま×こもケツマ×コも壊れるぅッ！　真ん中の壁がぶるぶる震えて気持ちいいのぉぉッ!!　死んじゃうぅッ!!」

そんな恵麻の艶めいた悲鳴も、凌辱する男にとっては福音でしかない。

「ズボズボも再開するぞ、恵麻ッ！　イキ狂っちまえ！」

興奮した声の早瀬が、前後のバイブをリズミカルにピストンさせる。アナルバイブを抜くときはバイブを挿し込み、バイブを抜くときはアナルバイブを挿し込む。

「あッあッあぅあッあああぁぁぁぁッッッ！！！！」

とうとう秘裂から、ぷしゃぁぁッ！　とこれまでにないほどの潮が吹き上がり、がくがくと両脚を震わせて恵麻は絶頂した。

「おっと……！」

意識は失っていないだろうが、脱力した恵麻が崩れ落ちるのを早瀬が支える。そのまま横寝に寝かせると、股間に二本のバイブを生やしたまま、恵麻は何度も、びくびくッと痙攣を繰り返した。

「あぁ……あぁん……わたるくぅん、バイブ取ってぇ……振動だけでもキツイのぉ……」

男の足に縋《すが》りついて女が懇願する。しかし早瀬は、下卑た笑みを浮かべ、恵麻の懇願とは裏腹に、ドスケベ水着の股糸を上手く使って、びちっと二本のバイブを入れっぱなしに固定してしまった。

「うぅ……酷い……鬼、悪魔……！」

「さぁ、そろそろ奉仕の時間だ。さっきみたいながに股のポーズでフェラして」

早瀬が恵麻の横で仁王立ちに立つ。股間の快楽に翻弄されながらも、恵麻はなんとか姿勢を整え、言われたとおりのがに股ポーズで男の腰に顔を寄せた。

「はい、ち×ぽを口に咥えて、カメラに顔を向けてピースサイン」

「よ、よく思いつくわね、そんな卑猥なこと……」

しかし、男の言うことは絶対だ。恵麻は肉棒をハーモニカのように横に咥え、正面に浮かぶドローンを見ながらピースサインを送った。

「はい、それじゃ、口ま×こ開始ー」

「……ご奉仕させていただきます」

もはや骨の髄まで染みついてしまった口上《こうじょう》を言い、恵麻の口が淫靡に躍動する。

初めは肉棒を味わうように舌で丹念に舐めまわしてから、ゆっくりと肉棒を口いっぱいに頬張り、えずきを上手《うま》くコントロールしながら咽頭まで呑み込んだ。

「おぉ……恵麻の喉フェラ、マジで尊敬するくらい気持ちいい……」

（こんなので尊敬されても嬉しくない……いや、嬉しいような気がする……）

感覚の狂いに懊悩しながら、また、股間の快楽に悶えながら、恵麻はゆっくりと、しかしダイナミックに顔を前後にピストン運動しはじめた。

じゅっぽ、じゅっぽ、じゅっぽとリズミカルに肉棒が口腔を出入りし、そのつど舌でカリ首を刺激する。かつ、亀頭が咽頭に触れる際は、わざと喉を鳴らし、その振動でさらに肉棒を刺激した。

「うぉぉ……ッ！　すご……」

言葉を失うとはこのことだ。恵麻の超絶テクニックと覚悟を極めた奉仕に、早瀬はろくに言葉も発せない。

しかし、快楽は恵麻も同様だった。

（やばい、やばい、やばい、やばい……ッ！）

冷静にフェラチオを続けている様子の恵麻だが、その実、股間からの甘い刺激と、喉奥を肉棒が突く被虐刺激により、その身体はまたしても絶頂寸前にまででき上がっていた。

特に喉の刺激がやばい。咽頭に肉棒を呑み込むことによる軽い酸欠と、咽頭から鼻腔に立ち込める肉棒の臭いとが、ダイレクトに恵麻の脳を快楽のハンマーで打ちのめす。

（今、イッちゃって、腰でも落とそうものなら……！）

当然、バイブが地面に激突し、巨大なバイブが子宮を激しく叩くことだろう。

（……ひッ！）

その想像に恐怖を感じ、不意に恵麻は動きを止め、男の腰に両手を回してしがみついた。それは本能的な恐怖によるものだったが、男はそれを女の〝誘い〟と受け取ってしまった。

「ああ、なるほど、もっと奥に欲しいんだね……わかったよ、恵麻」

（違う、違うのッ！　一回休憩！）

慌てる恵麻だが、もう遅い。早瀬は恵麻の頭を、がっしと摑むと、いつものように恵麻の鼻先が己《おのれ》の下腹部に密着するまで一気に引き寄せた。

「おごぉぉぉぉぉッッッ！！！！」

ぬるっと亀頭が下咽頭部まで呑み込まれる。そして悲しいかな、恵麻の調教し尽くされた身体は、その被虐刺激を快楽刺激に変換し、恵麻の脳を焼いた。

「…………ッッッッ!!」

数度、びくびくっと恵麻の身体が痙攣し、両の眼球が、くるんと白目を剝く。腰に回した両手が、だらりと垂れさがり、絶頂を示すように、恵麻の股間から黄金水が、しゃぁぁと弧を描いた。

すべてが弛緩し、しかし、恵麻は腰を落とさなかった。それは、男が恵麻の頭をしっかりと支え、モズの早贄《はやにえ》のごとく、喉に突き刺さった肉棒が恵麻を固定していたからだ。

「あれ、恵麻さん……？」

早瀬が声をかけるが、恵麻からの返事はない。だらりと垂れさがった恵麻の両腕に不吉なものを感じ、早瀬は慌てて肉棒を恵麻の口腔から抜き取り、弛緩した恵麻の身体を床に寝かせた。

「恵麻さん！　恵麻さん！」

かなり焦った口調で呼びかけると、恵麻の口から「うぅん……」という唸り声が聞こえ、そこでようやく早瀬はエマの爆乳が規則正しく上下しているのを見て取ることができた。

「ふぅ……焦った」

早瀬は冷や汗を拭うと、しばらく恵麻の力の抜けた肢体を観察し、そうして、ドローンを操作すると、「この角度……いや、もっと浅い角度で……画角を広げて……」と、一人撮影に没頭した。

＊＊＊

しばらくしたあと、早瀬と恵麻は、ぐでーとした雰囲気で露天風呂に浸かっていた。

あのあと、すぐに目を覚ました恵麻と二人で露天風呂を楽しんでいるのだ。

「喉、大丈夫ですか？」

「すこしイガイガするけど……うん、できれば、ああいう無茶は控えてもらえると助かるわ」

「はい、自重します」

殊勝に頷きながらも、早瀬は恵麻の臀部をむにむにと揉みながら、「それにしてもこの女タフだなー」と失礼な感想を持った。

「うーん、上手く写真撮れなかったなぁ」

早瀬がタブレットを眺めながら言う。カメラは常時撮影中だが、ドローンはバッテリー節約のため露天風呂の縁に停止している。

「なぁに？」

「いえ、さっきの恵麻さんのセクシーショットですが、殺人事件の現場写真にしか見えなくて……」

「ばか者ーッ！」

恵麻のチョップが早瀬の脳天にクリーンヒットし、男は「おおぅッ！」と悶絶した声をあげた。

「……消すのは約束違反だけど、絶対に全画面修整してやる……！」

「まぁ、お手柔らかに……さて……」

早瀬がさらに恵麻にくっつき、肩を寄せて口唇も寄せる。

「んー……」

それが第二ラウンドの合図だと悟った恵麻は早瀬と熱い口づけを交わした。

「それじゃ、まずは最後までフェラを続けられなかった『お仕置き』からですね」

「うぐ……やっぱりぃ……？」

予想していたのか、観念した声で恵麻が聞く。

この男がわざわざ「お仕置き」と表現するのだから、十中八九、味わうのは排泄の恥辱行為だろう。そして、露天風呂の縁には、何に使うのかわからない巨大なタッパーが、これ見よがしに置かれているのだった。

「撮るのよねぇ……？」

「もちろん」

「うぅ……航くん、私怖いわ……」

「恵麻なら大丈夫」

凌辱者に精神的安寧を求める、それは大きな矛盾であり、しかし、互いの信頼を確かめる行為でもあった。

そして、早瀬が指示し、恵麻が露天風呂の縁に手をかけて腰を突き出す姿勢を取る。早瀬がスマホを操作し、再度ドローンが飛翔を開始した。

「まぁ予想できているだろうけど、浣腸」

「やっぱり……でも浣腸器は？」

「今日の浣腸は一味も二味も違うよ」

ニヤリと笑うと、早瀬は例のタッパーを手元に寄せ蓋を開けた。

「……なにそれ、お団子……？」

「玉こんにゃくのグリセリン漬け」

「……あの、単語としておかしい気がするんですけど？」

「まぁまぁ、効き目はその身で味わってください」

お決まりのローションが塗られ、恵麻の肛門に直径二センチほどの玉こんにゃくが押し当てられる。これまでさんざん変態プレイを味わってきた恵麻だが、異物挿入は初めてだ。玉こんにゃくのぶよぶよとした感触に、さすがに全身が粟立《あわだ》つ。

「ひっ……ぃ……」

ぬるっとした感触と共に、かなりあっさり玉こんにゃくが恵麻の腸内に呑み込まれる。

「な、何個入れるつもりなんですッ!?」

「目標三十個」

「さ、さんじゅうッ!?」

驚く恵麻とは裏腹に、あくまで冷静に機械的に、早瀬が次々と玉こんにゃくを腸内に挿入する。十個を超えたあたりで、恵麻は唐突な排便衝動に襲われた。

「ひぃ、と、トイレッ！」

人間の排便、排泄反射は直腸内の内圧が高まることで惹起される。通常ならそれは大腸から降りてくる便塊によるが、今回は玉こんにゃくがその役割を果たし、さらにグリセリンの刺激で直腸運動が活発化しているのだ。

「ダメだよ、まだ入るでしょ」

「そんなぁ……」

玉こんにゃく浣腸は、いつものグリセリン液浣腸と違って、膨満感とそれに付随する排泄欲求がケタ違いだ。

（うんちうんちうんちうんちうんち……ッ！）

もう恵麻の頭の中は排便一色だ。なのに、早瀬が次々と玉こんにゃくを挿入するから、その苦しみは乗算で増えていく。

「もう無理ッ！　入らないぃッ!!」

闇夜のガーデンスペースに恵麻の悲鳴が響く。その声に限界を感じたのか、早瀬はあっさりと玉こんにゃくの挿入を止めた。

「よし、これで最後にしよう」

「な、何個入ったの……？」

「二十個。初めてにしては上出来なんじゃないかな？」

「二十個も……あんなのが私のナカに……あっ、無理、耐えられないッ！」

必死に肛門を締めるが、直腸の排便反射が止まらない。

「ダメぇ！　わたるくん出ちゃうッ！」

「それじゃ、栓をしてやるよ」

「せ、栓ッ!?」

恵麻の視界に、熱く怒張した早瀬の肉棒が映る。

「ま、まさか、このままアナルセックスする気なの!?」

「それも考えたけど、ここは専用装備の出番だ」

そう言って早瀬が取り出したのは、黒光りするアナルプラグだ。しかもそれには、エアポンプと電気コードが付いており、膨張と振動が容易に想像できるものだった。

「嘘でしょう……!? それ、本気で栓じゃない！」

「さあ、肛門を塞いであげるよ……！」

円錐型のアナルプラグをローションに馴染ませ、恵麻の肛門に一気に挿入する。新たに発された恵麻の悲鳴にかまわず、即座にエアポンプを、しゅこしゅこと操作しアナルプラグを膨張させる。そうして、十分にアナルプフラグが膨張し肛門が閉塞したことを確認すると、最後のトドメに振動のスイッチを入れた。

「いぎぃぃいぃッッ!!」

ヴィーンと不吉な音が恵麻の腸内を攪拌《かくはん》する。プラグに接触しているのであろう玉こんにゃくが振動を伝播《でんぱ》し、それは恵麻の直腸全体に響いた。

「こ、れ……ヤバいよぉ……うんこが、バイブになってるぅ……ッ！」

「すっげぇ表現が出たなぁ……うんこのバイブ化か……」

「茶化さないでぇ……これ、地獄……！」

実際、強烈な排便反射はそのままなのだ。排泄《だ》したくとも排泄《だ》せない。かつ、内容物が腸内を暴れ狂う。その異常で背徳的な感覚に、恵麻は全身が総毛立つのを感じた。

「わたるくぅん……どうしたらうんこさせてくれるのぉ……」

「そりゃ、俺を満足させたらですよ」

「うぅ……鬼ぃ……こんな状態でフェラしろって言うの……」

それでもなんとか恵麻が身体を動かそうとすると、早瀬が優しく恵麻の身体を誘導し、露天風呂の横に四つん這いの姿勢を取らせた。

「さすがに、あれだけ無茶させたんですから、フェラはもう十分ですし、恵麻さんに動いてもらわなくていいです。こっちの穴を使わせてもらいます」

そう言い、後背位の姿勢で早瀬が肉棒を恵麻の秘裂にまさぐり当てた。

「やだッ、やだぁッ！　そっちはもっとやだぁぁッッ!!　直腸がぎちぎちになってるのよッ！　航くんのデカチンなんて無理よッ！」

「締まりに期待できるってことですね……つべこべ言わず、呑み込めッ！」

やや乱暴な物言いと共に、早瀬の肉棒が恵麻の秘裂にぶち込まれた。

「ひぃっぐぅぅぁぁあああッッ!!　太いぃぃッ！　太すぎぃぃッ!!」

恵麻にとって、それは過去最大の拡張感だ。玉こんにゃくによって直腸は膨張し膣道を圧迫している。そこに早瀬のデカマラがぶち込まれたのだ。たまったものではない。

「あぎゃぁぁぁぁッッ！　ビズドン、ダメぇぇ!!　お腹がよじれるぅぅッッ！」

無言で早瀬が腰を打ちつけはじめると、四つん這いの腕があっさりと折れ、恵麻は床に突っ伏すように身を伏した。

「おらッ！　なにへばってるんだよッ！　しっかり身体起こせッ！」

「そんな無理よぉッ！　ケツマ×コ拡げられてぇッ！　おま×こ抉られてぇッ！　狂っちゃうゥッ！」

「言うこと聞かないなら、こうだッ！」

バチィン！　と恵麻の豊かな臀部に早瀬の手が打擲《ちようちやく》される。それはあっさりと紅葉の痕を残し、さらに連続で、バチィン、バチィン！　と打擲が続けられる。

「あぁぁぁッ！　ごめんなさいぃぃ！　ちゃんとやるから！　許して、わたるくん許してぇ！」

「恵麻はケツを叩くとすぐにイッちまうからな！　ほら、イケよッ！」

「そんなぁ！　嘘よッ！」

「嘘なもんか！　恵麻は浣腸されて、ケツを叩かれてイク変態女だよッ！」

「うぅぅ……こんな身体にしたのは誰よぅ……ああ、そんなぁ……イクぅ……ホントに叩かれてイッちゃうぅ!!」

それがどの刺激による絶頂かはわからない。しかし、恵麻は確かに、打擲の刺激に合わせて絶頂に達した。

「……マゾ牝犬の完成だな……ようし、排泄も許可するぞ、同時にまたイケよッ！」

「う、うんこでもイカされちゃうの、私……そんなの、そんなの……ッ　ひぃっ！」

言葉責めを止めた早瀬が、器用に繋がったまま恵麻の身体をコントロールして、対面立位、いわゆる駅弁スタイルで恵麻を串刺しにする。

そのまま、のっし、のっしとガーデンスペースを歩きまわる。落下の恐怖と肉棒の快楽、打擲された臀部の熱、そして直腸の浣腸とプラグ振動とが恵麻の身体の中で混ざり合い、超極大の官能悦楽となって脳髄を焼いた。

「あああああぁぁぁぁぁぁあッッッ！！！！　わたるくんッ！　もうわたし、バカになるッ！　おかしくなるぅッ！　アナタの全部に支配されちゃうッ！」

「いいぞッ！　おかしくなっちまえ！　恵麻はもう俺の女だ！」

ウッドデッキの端に到達すると、その先は剝き出しの地面だ。絶妙な位置でホバリングしたドローンのライトが、繋がった二人を白く照らした。

「おらッ！　排泄しながらイッちまえッ！」

がつんと早瀬が恵麻を激しく突き上げると同時に、プラグの空気が、しゅぅぅと抜かれ、恵麻の肛門から小さくなったプラグが、ぬぽぉと抜け落ちた。瞬間、恵麻の肛門から夥《おびただ》しい数の玉こんにゃくが散弾のように発射された。

「あぁぁ……ッ！　嘘でしょう……ッ！　排泄しながら……私、排泄しながらイッてるぅ……!?」

「とうとう排泄アクメまで経験したな……ほら……まだ、出るだろ？」

男の言葉の意味を理解し、恵麻はチラリとドローンに視線を送り、覚悟を決めたように下腹部に力を込めて言った。

「出す、わ……」

その言葉と同時に、十分以上に排泄反射が引き起こされ、大腸から送られていた恵麻の便塊が、次々と肛門から、ぼとぼとと垂れ落ちた。

「とうとうここまで……見られちゃったぁ……」

諦観とも慟哭《どうこく》ともとれる呟きを恵麻が漏らす。そうして虚《うつ》ろな視線を男に向けると、早瀬は情欲に染まった眼で応え、恵麻をウッドデッキに降ろすと、いったん肉棒を秘裂から引き抜いた。

そして、恵麻の身体を折り曲げるようにしてまんぐり返しの姿勢を取らせると、排泄後、ひくひくと痙攣している肛門に肉棒を狙い定めた。

「信じられない……今、その穴に突っ込むの……？」

「我慢なんかできるわけないだろ」

「狂うわ……絶対に狂っちゃうわ……！」

「上等ッ！」

「…………ッ！　あぁぉぉぉッッ!!」

ずぶりッと一気に肉棒が直腸の奥まで挿入され、恵麻はその衝撃だけで絶頂に達した。そのまま、がしがしとピストン運動で直腸を掘削され、恵麻の肛門性感は極みに達し、連続で何度も絶頂を繰り返した。

「いッ！　いッ！　いッ！　いぃぃッッ！　イッでるぅぅッ！　イッでるのがぁ、止まらないのぉぉッッ！」

「狂うんだろッ！　狂っちまえよッ！　ケツマ×コでイキ狂えッ！」

「くるうぅッ！　くるうぅぅッッ!!　ケツマ×コイキ狂うぅぅッ！」

ぶしゅ、ぶしゅと秘裂から潮が吹き飛び、恵麻の顔面に直撃するが、半狂乱の体である恵麻は顔を背けることもせず、ただひたすらに絶頂を繰り返した。

「も、もうダメぇぇぇぇッッ!!　ケツマ×コ助けてぇぇぇッッ!!　ケツマ×コ殺してぇぇぇッッ!!」

意味不明の対義語を叫ぶ恵麻に、早瀬は己の限界を感じ、最後のトドメに直腸の最奥を突き込んだ。

「出すぞッ、恵麻ッ！」

「ちょうだぁぁあいいぃいぃいッッ!!　わたるくんのザーメンッ！　ケツマ×コにちょうだいぃいぃいッッ!!」

恵麻のおねだりの直後、深く突き刺さった早瀬の肉棒から、凄まじい量の精液が、どぷどぷと恵麻の直腸に注がれた。

「熱いッッ！　お尻が焼けちゃうぅッッ!!」

射精によりさらに絶頂に達したのか、恵麻の身体が、ぶるりと大きく痙攣する。

早瀬が、びくりと射精し、そのつど恵麻も、びくりと絶頂する掛け合いが数回繰り返され、そうして二人は無言で見つめ合った。

何も言わず、何も聞かず、ただ当たり前のように、射精を終えた早瀬の肉棒から、いまだ直腸の奥に埋没したままの肉棒から、大量の小便が放尿された。

「あぁ……」

恍惚の表情でおとがいを反らし、恵麻はこれまでにない甘い絶頂を感じた。

「温かい……わたるくんのおしっこは、温かいわ……」

うっとりと呟く恵麻に、早瀬は慈《いつく》しむような優しい口づけを降らせた。

第五章　パイパンクンニ絶頂

初日にハメを外しすぎたのか、二日目の早瀬はボディタッチこそ頻繁にあるが、それ以外はおとなしかった。密かに危惧していたバイブ責めもなく、二人はごく普通の、やや過度にスキンシップの多いカップルの様相で旅を終え、夜遅くに帰宅した。

「……先生、今日は？」

「さすがに、早くベッドで寝たいですね。お風呂も今日はいいです」

「そうですか、それではお休みなさい」

意外ではあるが、早瀬はこの旅行中ずっとハンドルを握っていた。助手席の恵麻は、うとうとと居眠りすることもあったが、運転手の早瀬はもちろんそういうわけにはいかない。

（疲れて当然よね。明日は私がマッサージしてあげよ）

別れ際にキスを交わし、早瀬がそそくさと寝室に消える。

恵麻もさっさと客間に布団を敷きたいところだが、いろいろとやることがあった。

「さて、と……」

荷物から自前のノートパソコンを取り出し、例のウェアラブルカメラと接続する。

「動画のサイズは……うわぁ、百GB超えてる……これは移すのに一晩かかるわね……」

必要な操作を終え、次に愛用の手帳を取り出し、月間カレンダーを開く。早瀬の家に来た日を確認し、「ひー、ふー、みー……」と滞在日数を指で数えてチェックする。

「今日で十八日目、残り十二日か……それと……」

来訪日とは別のピンク色の印をチェックする。頭の中でとある計算をし、「むう」と唸る。

「……賭けね、これは」

抑揚なく呟くと、恵麻はもう一度ノートパソコンの画面を確認し、そして布団を敷くために客間に向かった。

翌朝、珍しいことに恵麻が先に起床し、しかも、朝食の時間になっても早瀬は起きてこなかった。

「……さすがに遅いわね」

不審に思った恵麻が様子を見ようと立ち上がったそのとき、寝室のドアがゆっくり開いて、明らかに調子が悪そうな早瀬が、ゆらりと現れた。

「ちょ、ちょっと航くん、どうしたの？」

「いや……ちょっと調子が悪くて……」

早瀬の顔色はひどく悪い。恵麻が即座に早瀬の額に手のひらを当てると、そこは燃えるように熱かった。

「すごい熱ッ！　早く座って！　熱を測るわよ！」

他人の家でも、これだけ長く住めばふだん使わない物の場所も把握している。恵麻はお薬ボックスから体温計を取り出し、ダルそうにソファに座る早瀬の脇に体温計を挟んだ。ほどなく、体温計が甲高《かんだか》いアラーム音を発して測定の終了を告げる。

「……三十八度超えてるじゃない……！　これ、ぜったい夜中からキツかったでしょう？　もう、なんで呼ばないのよ……」

「だって……寝たら治ると思ったし……」

「あぁもぅ、今日は病院に行くわよ。平日でよかったわ。朝食は？」

「……食欲ない」

返事をするのも辛いのか、早瀬の声はひどく弱々しい。

「それじゃ、牛乳だけでも飲んで。ささっと準備を済ませてタクシーで行くわよ」

「運転くらい、俺が……」

「馬鹿ッ！」

ぴしゃりと言い放ち、恵麻はテキパキと準備を始めた。

目の前に置かれたマグカップの牛乳をなんとか飲み干すと、早瀬は尿意を感じ、携帯電話でタクシーを呼んでいる恵麻に、「ちょっと、トイレ……」と声をかけてトイレに入っていった。

「……はい、十分後ですね？　すこーし、着いてからお待ちいただくかもしれませんが……」

タクシー会社と電話している恵麻の耳に、不意に、早瀬の「痛ッ！」という声が聞こえた。

「えっ……？　ああ、いえ、何でもありません。はい、はい、よろしくお願いします」

電話を切ると同時に、やはりのっそりと早瀬がトイレから出てくる。

「……………航くん、どうしたの？」

「小便したとき、ちょっと痛かった……」

その言葉にとある病名を思いつき、恵麻は何とも言えない、本当に何とも言えない懊悩を覚え、額に手を当てた。

＊＊＊

「尿道炎ですね。高熱もあるので前立腺炎の疑いもあります」

血液と尿のデータを見ながら、恵麻より少し年上くらいの女性泌尿器科医が丁寧に説明する。

「ご夫婦ですか？」

「ええと……」

「はい、そうです」

言い淀む早瀬の言葉を遮《さえぎ》り恵麻があっさりと首肯《しゅこう》する。

「そうですか……では、ご主人は点滴治療をしますので、そちらの処置室へ移動してください。奥様はもう少しここでお話を……」

「わかりました。航くん、一人で行ける？」

「行けるけど……まぁいいや……」

高熱の億劫さがすべてに勝るのか、ナースに付き添われ早瀬が覚束ない足取りで処置室に消える。そうして診察室に二人きりになると、女医はかなり硬質な声で質問を続けた。

「大変お答えづらい質問だと思いますが、最近、ご主人と不潔な場所で性行為をなされましたか？」

ああ、やっぱりかー、と恵麻は呆れ半分、納得半分の気持ちで思った。

「ええ、はい、覚えがあります」

「どのくらいの頻度で？」

「頻繁に、としか……」

恵麻の回答に女医が明らかに不機嫌な表情を見せる。

「……では、大腸菌による細菌感染、尿路感染症ですね。点滴と処方薬に抗菌薬を入れておきます」

「ありがとうございます」

何はともあれ病名がはっきりしてホッとした恵麻だが、女医の話はまだまだ続いた。

「それで、アナルセックスはご主人の強要ですか？」

「あ、いえ……そうですね……私が、その……ねだることもあると思います」

早瀬一人を悪者にするのも、何ともバツが悪い。いや、状況を照らせば、早瀬一人を悪者にしても何も問題はないと思うが、どうしても恵麻にはそれが憚られた。

そして、女医の表情はますます険しくなる。

「それでは、責任は奥様にもありますね？」

「あー、はい……すみません……」

「女性ですから、よく理解されているとは思いますが、大腸菌感染は今回のようなさまざまな感染症を引き起こし、また場所が場所ですから、奥様にも大きなリスクが……」

それから延々と、早瀬の点滴治療が終わりに近くなるまで延々と、女医から恵麻への説教は続いた。

＊＊＊

「メチャクチャ怒られたー！　こんなに怒られたの、新人編集以来よぉ……」

「あの……すいません……」

「航くんには、『奥様からキツく叱っておいてください』だってさ。あの人、絶対婚期逃したハイ・ミスよ」

昼過ぎに帰宅し、遅い簡単な昼食を摂ってから恵麻は不満を早瀬にぶちまけた。

ただ、あまり怒ってはいないようで、それは女医の「一週間程度で復調するだろう」という病後の予測と、点滴のお陰か、早瀬の高熱も三十七度台まで下がっており、見るからに血色もよくなっていたからだった。

「とりあえず、お薬飲んでしっかり安静にしていれば治るそうだから、安心して。あ、おしっこはしばらく痛いそうだから、それは我慢しなさいね」

「恵麻さん、それより……」

「ん、なぁに？」

「なんで、夫婦って言われて、否定しなかったんですか？」

早瀬のその質問に、恵麻は表情を変えずに言った。

「だって、説明が面倒じゃない。愛妾です、って言ったほうがよかった？」

「いえ……」

口ごもり、しばらく何かを考え、口を開きかけ、しかし、閉じ、やはり何かを考え、結局、早瀬は「まぁ、いいか……」と曖昧に気持ちを棚上げにした。

「今日は本当にありがとうございました。恵麻さんがいて助かりました。本心から、ありがとうございます」

「いぃえぇ、先生のお世話が私の仕事ですから……」

わざとビジネスライクにそう答え、そして、慈しむ表情で言葉を続けた。

「早くよくなってね。あんまり私を放置すると、怖いわよ」

「そ、それは確かに……あー、『愛妾契約』の期間は……」

「それはもちろん延長しないわ。残り十二日は変えません。病気は航くんの自業自得よ」

「そうですよね……やんぬるかな……」

「ふふふ、だから早く治すために、安静にしててね」

恵麻の言葉に早瀬はなぜか困ったように苦笑し、「そうですね、とりあえずは寝ます」と答えて寝室に去った。

一人リビングに残った恵麻は、「さーて、私も昼寝くらいするかなぁ……」と大きく背伸びをし、そして、

「…………ッ!?」

下腹部に、鈍い痛みにも似た違和感を覚え、短く「嘘でしょ……」と呟いた。

＊＊＊

その日の夕食後、恵麻がボーッとソファにかけてテレビを観ていると、寝室のドアが開いて、額に冷却ジェルシートを貼った早瀬が現れた。

「……あれ、どうしたの？　喉乾いた？」

恵麻の問いに、早瀬はバツが悪そうに何も答えず、そのまま仕事部屋のドアを開けて入ってしまった。

「え……？　いやいや、ちょっとちょっと！」

夕食時には「熱がぶり返したみたいで、解熱剤も飲んでおきます」と言っていた早瀬だ。もちろん、まだまだ本調子であるはずがない。

「航くん⁉」

恵麻が仕事部屋に飛び込むと、早瀬は愛用のデスクトップPCの電源を入れ、億劫《おっくう》そうに椅子に腰掛けていた。

「どういうつもり、安静にしてなきゃダメでしょ？」

子供を叱りつけるように厳しく、しかし優しく恵麻が言う。

早瀬は、やはり高熱に苛まれているようで、かなり辛そうな表情をしながら「でも、仕事が……」と呟いた。

「え、仕事……？　原稿は無理に完成させなくてもいいわよ。『愛妾期間』が終わってからゆっくり……」

「いや、それじゃなくて……別の締め切りが……」

「は……？」

早瀬の言葉の意味が理解できず、恵麻は思わず抜けた顔を作ってしまった。

「別の締め切り……？」

「はい……Ｖｔｕｂｅｒの台本の締め切りと、ブログ記事の代筆……今日中にやっとかないと……」

早瀬の口から飛び出た驚天動地の情報に、恵麻は思わず目を丸くした。

「ちょ、ちょっと待って……台本？　ブログ記事……？」

「ああ、しまった……これ、恵麻さんには内緒だったのに……」

おそらく高熱のためだろう。失言に気づいた早瀬が自分の口を手で塞ぐ。

「……つまり、航くんはゴーストライターやってるの……？」

「ゴーストライターって人聞きの悪い……ちゃんと、専用のペンネームで活動していますよ……ほら……」

起《た》ち上がったパソコンの画面に、とあるＳＮＳのページを見せる。そこには早瀬の言うとおり、「文字仕事なんでも請負います」といった内容の自己紹介文が載っていた。

「今はこういう需要もけっこうあって、そこそこお金になってるんですよ……というか、稼いでないなら、どうやってこの暮らしを維持していると思ってたんですか？」

「いや……だってあなた、いいとこのボンボンなんでしょ？　てっきり、親の脛《すね》を齧《かじ》ってるもんだと……」

「うわ、ひど……まぁ、この家と土地、あと株式もいくつか生前贈与でもらってますけど……でも、経済的にはしっかり自立してるんですよ！」

それは本当に自立なんだろうか？　と思わないでもないが、自分の中の早瀬のイメージがかなり変わるのを恵麻は感じた。

「……わかったわ。納得はまだできないけど、理解はできたわ……でも、それにしたって無茶よ」

うーむと考え込み、恵麻はおもむろに、にゅと片手を早瀬に差し出した。

「……航くん、タスクスケジュール見せて」

「え……？」

「早く。スマホ？　それともＰＣ？」

「ＰＣ……というか、グー○ルのタスクリスト使ってますから、どっちでも見れますけど……」

早瀬からマウスを奪うと、恵麻がスケジューラーを起ち上げる。すると、そこには真面目な早瀬らしく、請けた仕事リストが綺麗に整列していた。

「一番近い締め切りは……コレとコレね……え、嘘……このゲームのローカライズ、航くんの仕事なの!?」

「まぁ、いちおう、英語はそれなりにできますし……言い触《ふ》らさないでくださいよ」

「わかってるわ。……うん、ここここを延期すれば……」

スケジューラーに載っていた連絡先をクリックしてＳＮＳのメッセツールを起ち上

げる。そうして、早瀬もかくやというほどの猛烈なタイピングで、締め切りの延期を依頼する謝罪文を、完璧なビジネス文法で書き上げた。

「いいわね？」

「もう好きにしてください……」

観念したのか、早瀬が両手を挙げて白旗を示す。恵麻が躊躇《とまど》いなくメールを送信し、再びスケジューラーに戻り予定を再構築していく。

「この台本依頼は余裕があるから、こっちに移して……この翻訳案件は……ああ、契約内容にちゃんとキャンセル条項があるわね。もったいないけど、今回はキャンセルしましょう」

テキパキとリスケをこなすと、メッセツールが新着メッセージを告げる。

「早速返信が来たわね。ええと、お、オッケーだって。こっちは……ああ、原稿料の減額かぁ……これも呑むしかないかなぁ……航くん？」

視線を送ると、早瀬は、ひょいと肩をすくめて頷《うなず》いた。

「よし……これで二日の余裕ができたわ。……旅行に行くのに、ずいぶんと仕事を詰めてたのねぇ……」

リスケ前のスケジューラーには、旅行前後に圧縮された仕事リストが表示されていた。

「だって、恵麻さんと旅行したかったんだもん」

「なーによぅ、拗《す》ねちゃって」

「拗ねてないです。……でも、その、ありがとうございました……けっこう、絶望してました。まともに文章書ける気がしなかったので……」

「いいのよ、さぁ、今度こそ寝ましょう」

ふらつく早瀬を寝室のベッドに寝かしつけ、恵麻はようやく気の抜けた表情でリビングのソファに、どさりと腰を降ろした。

その顔色は、あまりよくはない。

「はぁーーーー……しんど……」

大きな溜め息と共に、恵麻は滅多に漏らさない弱音を吐いた。


***

結局、早瀬が完全に復調するまでには、七日を要した。

その間も恵麻は早瀬の体調や仕事の管理、そして家事を精力的に完璧にこなした。

そうして、恵麻の愛妾契約二十五日目。その日は早瀬の快方祝いとしてすこし豪華な夕食を摂り、早瀬が「看病のお礼です」とわざわざ注文して取り寄せた高級ワインを二人で楽しんでいるところだった。

「これくらいの量なら、航くんも付き合ってくれるわけね」

「本当に舐める程度で申し訳ないですけど」

「ふふふ。まぁ、そのぶん私が飲めるからいいのよ」

そうは言いつつ、恵麻のペースも決して速いわけではない。ゆっくりとワインの芳香を楽しみ、口に含み、味を楽しむ。

「はぁ、おいしい……」

満足そうに微笑む恵麻に、やや真面目な表情で早瀬が言う。

「恵麻さん……今回の件はいろいろと申し訳ありませんでした」

「んー？」

気のない返事をしながらも、黙って男の言葉を待つ。

「病気で倒れたこともそうですが、原因も、その……俺がセックスで無茶したことが原因ですし、ひょっとしたら病気になってたのが恵麻さんの可能性も……」

「なぁにぃ、怖くなっちゃったの？」

「……はい。すごい気をつけていたつもりでしたけど、やっぱり、付け焼き刃の知識は危険だって、十分身に沁みました」

「まぁ、そうだろうねぇ」

「だから、その……愛妾期間も残り五日です。俺は十分にいい思いをさせてもらいました。気持ちの折り合いも充分についています。残りの期間はセックスなしで……」

そう言う早瀬の口を、不意に身を乗り出した恵麻は優しく己の口で塞いだ。

そうして、口に含んでいたワインを、ちゅると早瀬に送る。驚いた早瀬は、口の端に一条ワインの流れを作りながらも、なんとか嚥下《えんげ》する。

「あの……」

「ばーか。七日もほっとかれたのに、さらにおあずけなんて、蜘蛛の巣張っちゃうわ」

そう言って、もう一度キスを、今度は長く、舌も絡め、じゅぷじゅぷと音を立てて唾液を交換する激しいキスを交わす。

「はぁ……セックスしたいの、私が、あなたと」

さわさわと、恵麻の手が早瀬の、やや痩せた、しかし、それでも筋肉質な身体を撫でる。

「ダメかしら？」

「そんなの……」

ようやく、早瀬の手が恵麻の身体に伸び、こちらは豊満なままの肢体を、ぎゅっと抱きしめる。

「ダメじゃないです。もちろん」

「うん……ねぇ、ベッドに連れていって。セックスしよ」

早瀬は恵麻の意を汲むと、その肢体を横抱きに抱《かか》え、お姫様抱っこの姿勢で寝室に向かった。

＊＊＊

「少しだけ目を閉じてて」

そう言われ、眼を閉じた早瀬の耳に、シュルシュルと衣擦《きぬ》れの音が微かに伝わり、恵麻が服を脱いでいるのがわかった。

（今日はどんなエロ下着を着てるんだろう……？）

もはやテンプレとなった恵麻の仕込みだが、今回は少し趣向が違った。

「はい、どうぞ」

「うん……お、おぉぉ……」

今日の恵麻の下着は、純白の一枚レース仕立てで、見るからに〝清楚〟という強いイメージを与えるものだった。さらに純白のストッキングに純白のガーターベルトまで装備している。かつ、一枚レースなだけに肌もしっかり透けて見えており、恵麻の豊満なおっぱいとお尻も充分に視覚で堪能できる素晴らしいものだ。

「清楚……これは間違いなく清楚……！」

「男の人は清楚に弱いもんねぇ」

「弱点にクリティカルヒットですよ……！」

そっと早瀬が迎えるように手を広げると、ゆっくりと近づいた恵麻が早瀬の太腿にゆっくりと座った。

「肌ざわりもいいですね、このショーツ」

「でしょう？　インポートの高級ブランドよ……私、おっぱい大きいから、お洒落《しゃれ》なものってなると、どうしても輸入モノになっちゃうのよね」

「いつかプレゼントしますよ……フランス製でもイタリア製でも……」

「ふふふ、ありがとう……」

ちゅ、ちゅとついばむようなバードキスを何度も交わし、互いの身体をまさぐり合う。やがて、恵麻の指が早瀬の服にかかり、ゆっくりと丁寧に男を全裸に脱がす。

「……なんか、恥ずかしい……」

七日のクールタイムは羞恥心も回復させていたのか、早瀬の目が横に泳ぐ。

「こらぁ、航くんが恥ずかしがると、私まで恥ずかしくなっちゃうじゃない……」

こつんと額を当てて、恵麻が甘く叱る。それに苦笑で応えると、早瀬の両手が恵麻の爆乳を下から支えるように持ち上げた。

「なんだか、さらにおっきくなってません？」

「なんでかしらねぇ、不思議ねぇ……」

悪戯っぽい笑みを浮かべる恵麻に、やはり笑顔で返し、早瀬はブラジャーのホックを探ると、丁寧にそれを解いて外した。そして、清楚なブラジャーを恵麻からはぎ取り、現れた巨大なおっぱいに顔を埋《うず》め、その柔らかさを十分に堪能する。

「はぁ……本当に、大きくて最高のおっぱいだなぁ……」

「航くんは本当におっぱいが好きねぇ」

「だって、指が沈み込むほどの柔らかさ……それに反するような確かな弾力……甘く頭が蕩けるような匂い……そして、エロスの象徴たる桜色の乳首……何から何まで最高です……！」

言葉を証明するように、早瀬の指が恵麻の爆乳を揉み、弄《いじ》り、官能を惹起させるように刺激する。その丁寧な愛撫に、急速に性の渇望が満たされるのを感じ、恵麻は艶めかしく色っぽい吐息を「あぁ……」と吐いた。

「久しぶりだからかしら……なんだか、今日はとっても感じやすいわ……」

「それはよかった……」

じゅうと音を立てて乳首に吸いつき、恵麻が口の端に小指を当てて、びくんと痙攣する。

「航くん……そろそろこっちも……」

恵麻が下腹部に視線を落とすと、早瀬は無言で頷いて、恵麻をベッドに、そっと寝かせた。

「腰を浮かせて」

「はい……」

ストッキングとガーターはそのまま、ショーツの両側に指をかけ、ゆっくりゆっくりとずり下げる。そうして目に飛び込んできたのは、

「……あッ!?」

それまで黒々と茂っていた陰毛が綺麗に剃られ、無毛の肌となった恥丘であった。

「え、恵麻さん、これ……」

「今日のサプライズはコレぇ。剃っちゃった」

「く、くそう、油断してた……これもまた一つの清楚……いや、清純か……ああ、もう、なんていい女なんだ……ッ！」

慈《いつく》しむように、無毛の恥丘を優しく撫でる。そうして、お伺《うかが》いを立てるように見上げると、優しく頷く恵麻が見えた。

「レロ……」

舌を、にゅっと突き出し、無毛の恥丘をねっとりと舐《ねぶ》る。丁寧に、綺麗に剃ってはあるが、毛根がどうしても残ってしまい、舌にザラザラとした感触が残るが、むしろそれがそそる、滾る。

「一生懸命舐めちゃって……そんなに美味しいの？」

「はい、すごく……」

言葉少なく返事をし、いったん舌を離すと、今度は恥丘の上、臍部に突き刺すように舌を這わせる。

「ん……」

初日のセックスから、臍も恵麻の性感帯であることはわかっている。くりくりとほじるようにして臍を責め、そうして、早瀬の舌は、ゆっくり、ねっとりと、軟体動物が這うように下方へ移動し、無毛の恥丘を通り越し、そして、秘裂の陰核へと至った。

「あ……」

指による愛撫はたくさんされたが、クンニリングスは稀《まれ》だ。ここに至って味わう新たな快楽刺激に、恵麻の心臓は期待と不安で早鐘を打った。

「わ、航くん……ちょっと、怖い……」

「大丈夫、俺に任せて……」

早瀬が指をVの字に使い、秘裂を、くぱぁと左右に割り開く。大陰唇が開き、陰核が露《あらわ》になると、今度はもう片方の指で陰核上部を、くにっと押し上げる。すると、見事に赤く充血した、ルビーのような恵麻のクリトリスが露出した。

「……すごく綺麗な宝石が出てきましたよ」

「やだぁ、もう……恥ずかしいわ……」

恵麻が羞恥を隠すように両手で顔を覆う。それを笑顔で楽しむと、早瀬は露出したクリトリスに、ふーっと細い息を吹きつけた。

「ひぁん！　そこ敏感なのよぅ……」

「知ってますよ……だから、丁寧に責めてあげないと……！」

何度か息を吹きつけ恵麻の反応を楽しんだあと、今度は舌を細く尖らせ、触れるか触れないかの絶妙なタッチで、ちょん、ちょんとクリトリスを突っつく。その接触のたびに、もどかしい甘さが股間に広がり、恵麻は焦らされるような快楽を何度も味わされた。

「航くぅん……切ない……切ないわ……焦らさないで……」

あっさりと降伏した恵麻だが、男は意地悪な笑みを浮かべてなかなか責めを激しくしてくれない。ようやく、ぬとぉとクリトリス全体を舐めてくれたと思ったら、今度はそこからピクリとも動かない。

「いやぁん……意地悪ぅ……早くトドメを刺してよぅ……」

とうとう我慢ができなくなった恵麻が、腰を、ぐねぐねとくねらせて催促するが、それでも男の舌は動かない。むしろ、両手で暴れる恵麻の腰を摑んで、妖艶なダンスを止めさせる。

「うぅ……酷い……こんな生殺し……酷いよ……」

抵抗が無駄だと悟り、恵麻が動きを止める。しかし、その瞬間を待っていたように、早瀬の舌が、べろんっと力強く翻《ひるがえ》り、恵麻のクリトリスを弾くように舐め上げた。

「ひぃッ！」

突然の快楽刺激に、あっという間に恵麻は軽い絶頂に達し顎を反らす。

そうして抗議しようと男を見ると、早瀬は「さあ、これから本気ですよ……！」と宣戦布告をし、口全体で秘裂を咥えるように恵麻の股間にむしゃぶりついた。

「やぁ、やぁぁッ！ ダメッ、ダメッ！ いきなり激しくしちゃダメぇッ!! イッたばっかりなのぉッ！」

恵麻の懇願を完全に無視し、早瀬の舌はすでに愛液を零していた秘裂を、犬が皿の水を飲むように、じゅぱじゅぱと何度も掬《すく》い上げる。かと思えば、硬く尖らせた舌を秘裂の奥まで挿入し、顔を上下左右に振って内部を抉る。

「ひぃぃぃぃッッ！ それダメッ！ イッちゃうぅッッ！」

クンニリングスによる二度目の絶頂をあっけなく果たし、恵麻は強快楽から逃れようと男の頭を手で押す。だが、当然のように男は許してくれず、むしろ動きは激しさを増すばかりだ。

「らめぇぇぇッッ!! 出ちゃうぅぅッ！」

とうとう、本イキが始まったのか、恵麻の秘裂から何度も潮が飛沫《しぶ》き、目前の早瀬の顔に降り注ぐ。早瀬はそれでようやく満足を得たのか、最後に、クリトリスを、ぢゅうううぅッと強く吸い上げて、ようやく恵麻の秘裂から顔を離した。

「はーーッ！　はーーッ！」

凄まじい絶頂を物語るように、恵麻の腰が、びくんびくんと痙攣し、なおも断続的に潮を吹く。

しばらく、ほんのしばらく、無言の時間が二人を支配する。男の口は愛液で汚れている。しかし、恵麻は無言で両手を広げ、早瀬を誘った。

「………」

早瀬も無言で身体を恵麻に寄せ、激しいディープキスを交わし、そして乳首を中心に恵麻の身体の至るところにキスの雨を降らせる。

ときには強く吸い、キスマークを大量に身体に残し、そして、自然な動きで恵麻の股間に身体の中心を割って入らせた。

「たぶん……またすぐイッちゃうと思う……」

「いいじゃないですか、何度もイカせてあげますよ……！」

それが挿入の合図となった。

ずぶりと早瀬の肉棒が恵麻の秘裂に突き刺さり、しかし、これまでよりも確実にスロースピードで膣内を進攻する。そして、当たり前のように降りていた子宮口に亀頭がキスをすると、そこでいったん早瀬は動きを止めた。

「あらぁ……この男、ずいぶんと優しいわ」

「俺だって、恵麻の膣内を長く楽しみたいからね」

そう言い、ずりずりと長い時間とストロークをかけて恵麻の膣穴を肉棒で掘削する。エラ張ったカリ首がゆっくり丹念に膣壁を擦り押し拡げ、その優しくも暴力的な刺激に、恵麻は数ストロークのたびに何度も絶頂を感じた。

「すごいぃ……こんな優しい責めで……女のカラダが悦びまくってる……こんな幸せ、あるの……？」

優しいストロークの絶頂は、激しいピストン運動の絶頂と異なり、全身が快楽の膜で包まれるような安堵感と、そして深い多幸感で満たされていた。

そしてそれは早瀬も同じで、激しい抽送では感じられない、膣壁の絶妙な感触を肉棒全体で味わい、ゆっくりと、しかし確実に情欲が高まるのを感じる。

「これ……これがスローセックスなんですね……勘違いしてたなぁ……」

「ふふふ、ずいぶんと遠まわりしちゃったわね……」

その言葉に、早瀬が、はっとなる。

「………恵麻」

自然と唇を寄せ、合わせ、そして肉棒も深く挿入する。すると、やおら、恵麻の両足が捕食植物のように左右に広げられ、そうして、優しくしっかりと、早瀬の腰に巻きつけてホールドした。

「……膣内《なか》に出すよ、恵麻……」

その姿勢で、肉棒を少しも動かさず、接触した子宮口に向かって、早瀬は、まるで哺乳瓶から赤ん坊に少しずつミルクを与えるように、どくん、どくんと断続的な射精を恵麻の子宮に浴びせた。

「……はぁ、これ、ここに出してるのね……航くんのザーメン、子宮が飲んでるの、わかるわ……」

愛しげに無毛の恥丘を撫で、しかし、恵麻はホールドした男の腰を離さなかった。

「……恵麻?」

「一回ぐらいじゃ、治まらないでしょう、お互いに」

だんだんと、恵麻の表情が幸福感に満ちたものから、淫靡で妖艶なものへと変化する。女はすごい、怖いと正直に思いつつ、射精後の肉棒が急速に硬度を取り戻すのを早瀬は感じた。

「もちろん、治まるわけないです。何度も注いであげます。何度もイカせてあげます。……何度だって、あなたを幸せにしますよ」

そうして動きはじめた男を、恵麻はこれまでにない、恐ろしく、ひどく、官能的な笑みで見つめた……。

第六章　そして二人は幸せなキスをする

微睡《まどろ》みの中で夢を見る。

ああ、またこの夢か……と恵麻は思う。

夢の中で、気の強い女性が罵詈雑言《ばりぞうごん》を、気弱そうな男性に投げつける。

男性はじっと耐え、女性の言葉はますますエスカレートする。

恵麻は必死に女性を止めようとするが、女性は酷い言葉を止めてくれない。

これはトラウマだ、自分自身のトラウマだ。そう理解し、顔を背けたくとも、背けることなどできない。

ああ、またこの悪夢に苛《さいな》まれながら目を覚ますのだ……その絶望に恵麻が包まれていると、ふと気弱な男性が立ち上がった。

気弱そうに見えたその姿は、みるみるうちに精悍《せいかん》な男らしい姿に変わり、なおも罵詈雑言を投げかける女性を優しく抱き包んだ。

瞬間、女性の罵詈雑言はピタリとやみ、小さく弱く、しかしはっきりと、「ごめんなさい」と言葉を響かせた。

「ごめんなさい」「ごめんなさい」と木霊《こだま》のように言葉が反響する。それは微睡みの意識の中に優しく響いた。

＊＊＊

……ゆっくりと眼を覚ます。

隣を見ると、逞しい男が自分に腕枕をしている。

「……おはよ」

起こさないように、小さく小さく声をかけ、そして、己の下腹部に意識を集める。

「……まだ、入ってる」

愛しげに、あるいは、バツが悪そうに、小さくはにかむ。

そうして恵麻は、決意を持った目でベッドから起き上がった。

＊＊＊

それは、朝食が終わったときのことだった。

「早瀬先生、お話があるのですけど？」

最近慣れてきた名前呼びではなく、改まったその言い方に、早瀬はやや緊張して、

「何ですか、恵麻さん」と聞き返した。

「あ、もしかして、体調崩しました？　疲れが溜まったとか……？」

「いいえ、そうじゃないわ」

ふぅ、と小さく息を吐き、確認するようにゆっくりと言う。

「『愛妾契約』は残り四日ですね」

「あ、はい……四日です。ああ、安心してください、原稿はすぐに仕上げますから」

「いいえ、それでもなくって……」

困ったように恵麻が笑う。

「……ギブアップを、申し出ます」

「…………はぁ？」

恵麻から零《こぼ》れたその言葉の意味を理解できず、早瀬は間抜けな声を出してしまった。

「えっと、ギブアップ……？　何の？」

「ですから、『愛妾契約』のギブアップ、契約を反故《ほご》にします。最初に先生と約束しましたね。どんなに期間が残り少なくとも、ギブアップしたら、この話はご破算、そういうことです」

「えっと……えぇ？　いや、あの……」

冷静な恵麻と対照的に、滑稽なほど早瀬は動揺していた。

「それじゃ、恵麻さんは……」

「はい、今日限りで、お暇《いとま》させていただきます」

「そんな、急に……！」

「問題は何もないはずです、そうでしょう？」

恵麻の断固とした物言いに、早瀬は視線を左右に泳がせた。

「……いいんですか？　俺の作品が、手に入りませんよ……？」

「それは、仕方ないですね。諦めます。よくよく考えたら、私を放逐した出版社に義理立てする必要は、微塵もないですし」

「出版編集に未練は……」

「ありません」

恵麻がきっぱりと言い放つ。

「恵麻さん……嘘でしょう……？　いなくなっちゃうなんて、嘘ですよね……？」

「……嘘じゃないわ」

優しく優しく、恵麻が言う。

「もう、早瀬航の前には、篠原恵麻は姿を現さない。二度とね」

その言葉に、早瀬が天を仰ぎ、両手で顔を覆い隠す。

「……理由を、理由を聞いてもいいですか？」

「そうねぇ……私自身の幸せのため、かしら？　あなたに甘えて生きていくのも悪くはないかもしれないけど、それだと、篠原恵麻は死んでしまうような気がして……」

「それは……ッ！　そんな、それじゃあ…………」

言葉を発したくとも、言葉が出ない。

そんな早瀬を優しく見つめ、恵麻はゴソゴソと荷物を漁《あさ》り、一枚のＤＶＤを取り出して机に置いた。

「約束ですから、あの日の夜の修正した映像データです。かなり圧縮したので、画質は悪いと思いますけど」

そして、固まる早瀬を尻目に、事前に用意していたのだろう、初日のスーツケースを客間から持ってくる。

「……突然で悪いとは思います。だけど……」

「これから……」

絞り出すように早瀬が言う。

「これから……どうするつもりなんですか？」

「さぁねぇ……会社は『愛妾契約』のために退職しちゃったし……地元に帰って、婚活でもしようかしら？」

「…………ッッ！」

思わず早瀬が恵麻を見る。その顔は、ひどく情けなく、失望と後悔に歪んでいた。

「……男がそんな顔をしない。これ以上は、それこそ未練ね……」

恵麻がスーツケースを持ち上げる。

「さようなら、早瀬航。そして、ありがとう。止まった時間を動かしてくれて……」

そう言い残し、篠原恵麻は、くるりと踵《きびす》を返し、早瀬航の前から去っていった。

部屋に、残された早瀬の、静かな慟哭《どうこく》が響いた……。

抜け殻とはこのことだろう。

恵麻を失ったあとの早瀬は、ひどく空虚な毎日を過ごした。

人気連載である早瀬のWEB連載はその更新が止まり、気の早いファンは、「エターか!?」とSNS上で嘆いた。

それでも、生活のためにとライター業は続けたが、「文章の質が悪くなった」と複数の依頼主から言われ、だんだんとその数は減ってきている。

一度だけ、出版社にメールで連絡を取ってみた。どうにかして恵麻の動向を知りたかったのだが、今度は向こうから無視された。

筋トレもやめた。運動していても、思い出すのは恵麻の顔ばかりだからだ。

早瀬は何度も何度も自問した。何度も何度も振り返った。

あの、夢のような恵麻との生活を、そして、その恵麻を欲望のままに嬲《なぶ》った自分の悪行を。そして、

「逃げられて、当然だ……」

＊＊＊

結論はいつもこれだった。自分の行動は褒められたものではない。恵麻の忍耐に甘えただけのものだ。その結論に至るたびに、早瀬は身が引き裂かれるほどの後悔を感じた。

気を紛らわせるために、恵麻がくれたＤＶＤも何度も再生した。しかしそれは、恵麻が示唆したとおり、雑な修整とデータ圧縮のせいで映像は見られたものではなく、さらに音声データは完全に消去されていた。それでも早瀬は、恵麻の思い出を反芻《はんすう》したくて、何度も何度もＤＶＤを再生した。

そうした失意の生活が二カ月続いた。

「……………もう無理かな、俺……」

何度目かわからない恵麻のＤＶＤを再生し眺め、早瀬が呟《つぶや》く。

「今回は、立ち直れそうにない……」

そう考えると、恵麻との蜜月は、自分の人生で最後に咲かせた末期《まつご》の花だったのかもしれない。

軋んだ情動が早瀬を包む。ゆらりと立ち上がり、頭の中の、暗い知識を反芻する。やり方は知っている。手頃な位置のノブを確認し、衣装ダンスからネクタイを取り出す。そうして、それをノブにかけた、その瞬間だった。

ぴんぽーん。

早瀬の感情とは裏腹に、なんとも軽快なインターホンが鳴った。

「……誰だよ」

一瞬、居留守を使おうかとも思ったが、後のことを考えると手間だ。早瀬は渋々と、インターホン画面も確認せずに、玄関のドアを乱暴に開けた。

「誰ッ！　……ですか？」

「やっ！　久しぶり！」

そこには、篠原恵麻が、悪びれた様子もなく、いなくなったときの笑顔のままで立っていた。

＊＊＊

「え、恵麻ッ⁉」

「そうですよ、あなたの篠原恵麻よ。……航くん、メチャクチャ太ったわね⁉」

「筋トレやめたから……って、そうじゃなくて！」

「とりあえず、上がるわよー。はい、このスーツケース持って」

見覚えのあるスーツケースを押しつけられ、早瀬はその、ずしりとした重さに戸惑いながらも、ずんずんと家の中を行進する恵麻になんとかついていった。

「うわぁ！　部屋汚い！　なんで二カ月ぽっちでこうなるのよ！」

「恵麻……恵麻ッ！」

とうとう堪らず、早瀬が叫ぶ。

「び、びっくりしたぁ……いきなり大声出さないでよ……」

「わけがわからないよ！　なんで恵麻がここにいるの？」

「いちゃダメなの？」

「だって！　二度と現れないって……！」

「あぁ、あれ、嘘」

手をひらひらと振り、あっけらかんと恵麻が答える。

「う、嘘ぉぉッッ!?」

「うん、嘘。まぁまぁ、座ろうよ、航くん」

恵麻がリビングのソファに座り、ぽんぽんと隣の席を叩く。

渋々と早瀬が座ると、恵麻は「うーん……」と軽く唸って言った。

「まぁ、ごめんなさい、は確かに必要ね。嘘ついてごめんなさい」

そう言って頭を下げ、そしてすぐに上げる。

「で、ね……どこから話そうかなぁ……うん、やっぱりまずはコレを見てもらうところかしら」

恵麻はそう言うと、荷物からタブレットを取り出して、一枚の画像を表示し早瀬に見せた。その画像には、笑顔の恵麻が棒状の何かを見せつけるようにして立っていた。

「これ、なんです……？」

「察しが悪いわねぇ、妊娠検査キットよ」

「妊娠検査キット……？」

その言葉の意味を、時間をかけてゆっくりと理解し、瞬間、今度は眼を剝くようにしてタブレットを凝視する。

「ど、ど、ど、どういう見方するんですか？」

「あー、そりゃ知らないか……ほら、この窓に線が出たら陽性、なかったら陰性」

「窓に線……あるッ！」

「そう、だから陽性ってこと。妊娠したわ、私」

衝撃の連続で、脳が上手《うま》く機能してくれない。そんな茫然自失の中で、なんとか言葉をひねり出す。

「俺の……子ですか……？」

「うっわー！　ホントに男ってそのセリフ言うんだッ！　ひっどーい、最低！」

「いや、違いますッ！　混乱してて……その、確認、じゃなくて、いや、確認ですけど！　恵麻さんを疑うわけじゃなくて！」

「はいはい、ごめんごめん」

恵麻がそっと、あやすように早瀬の顔をその爆乳に抱き、優しく頭を撫でながら言う。

「あなたの子供よ。わかりやすいと思ってこの画像見せたけど、ちゃんと産婦人科にも行って確認してもらったわ。航くんの赤ちゃん、ここにいるわ」

愛しげに下腹部を撫でる。しかし、早瀬の顔は混乱のままだ。

「でも……恵麻さん、低用量ピルを飲んでましたよね……？　妊娠はしないんじゃ」

「ああ、あれね……」

少しバツが悪そうに恵麻が頬を掻く。

「……旅行の前日には、もう飲むのやめちゃってたのよねぇ」

「はぁ!?」

「それで、旅行のあとにすぐ生理が来てね」

「そ、それじゃ、俺が尿道炎で倒れていたときには……？」

「そうそう！　あのときは生理の真っ最中で、メチャクチャつらかったのよー。でも、お陰で航くんにも生理がバレなかったし、生理後の妊娠しやすい時期に膣内出ししてもらえたから、本当に天の配剤を感じたわ」

「……なんじゃそりゃぁぁぁあああッッ!!」

とうとう早瀬が天を仰いで絶叫する。

「俺！　恵麻さんがいなくなってッ！　心がぽっかり空っぽになって！　ああ、もう……ッ！」

恨みつらみをぶつけたくとも、当の恵麻はニコニコと笑ってばかりでは暖簾《のれん》に腕押しだ。

「…………ひでーよ」

「あはは、ごめんね、ホント……でも、ちゃんと目的もあったのよ？」

「聞かせてください」

多少は冷静になったのだろう、早瀬が少し落ち着いた声で言う。

「あのまま『愛妾契約』が終わったら、私は出版社に復帰するし、航くんは連載が始まっちゃうでしょう？　担当編集にはなれるかもしれないけど、離ればなれになっちゃうわ」

「そう、ですね……」

「それと、お互いに、関係を見つめ直す時間が必要だと思ったの。あのままダラダラと、『愛妾』の関係を続けるのはよくないわ。一度きっちり関係を断って、また再構築しないといけないって、そう思ったの」

「そ、そうだとしても……！」

恵麻の説明を理解しつつも、早瀬の口からはどうしても恨み言が出てしまう。

「嘘ついてまで、俺に寂しい思いをさせたのは、どうしてですか……？」

「そりゃあ、アレよ。オンナの身体をあれだけ好き放題に嬲ってくれたことへの意趣返しよ」

「う……」

そう言われると、早瀬としてはぐうの音《ね》も出ない。

「ふふ、でも、けっこうなダメージだったみたいだし、やりすぎたなー、って反省もしてるわ。お仕置きは甘んじて受けます」

そう言っておどける恵麻に、ようやく早瀬は苦笑ではあるが笑顔を見せた。

「はぁ……わかりました。過去の一切合切《いっさいがっさい》も、まとめて水に流しましょう」

「ええ、そうしましょう……それで、ね」

恵麻が早瀬の顔を見て言う。

「何か、私に、言うことあるわよねぇ？」

「えっと……」

再び混乱しそうになる脳をなんとかなだめ、今の状況、自分の子を宿した恵麻が、
再び隣にいる好機を、早瀬は深く考え、そして、言った。

「恵麻さん……恵麻……俺と結婚してください……！」

「そっちかい！　はいはい、いーわよ。篠原恵麻から早瀬恵麻になってあげる」

「軽ッ！」

「だってぇ、順序がバラバラじゃない！　ほらぁ、私、まだ聞いてないんだけど！」

不満げな恵麻を前に、必死に必死に早瀬が頭を捻る。

そうして、早瀬は、ようやく、自分が忘れていた気持ちを思い出した。

「……好きです、恵麻さん」

「うん……」

「大好きです、恵麻さん」

「うん……」

「八年前から、いえ、出会ったときから、ずっと、好きです」

「うん……」

「あなたを、愛しています……」

「私もよ、航くん……」

自然と、二人の口唇が重なる。そのキスは、これまで交わしたどんなキスより、甘く優しく、そして幸せなキスだった。

エピローグ

「ところで、これからのセックスなんだけど……」

おもむろに恵麻が切り出す。

「……やっぱり、お腹に赤ちゃんいるから、お預けですよね…？」

「安定期に入るまではちょっと、ね……残念だけど、アナルセックスもダメよ。子宮を裏から突いちゃうからね」

「仕方がない……赤ちゃんのためです、耐えて見せます」

「お願いね。私も年齢的に失敗はしたくないし、子供は二人以上欲しいし」

「うん、それはそうだね」

「ただねぇ、性欲魔人の航くんに我慢させるのも忍びなくて……」

「性欲魔人って……」

「だからね……はい、これ。」

と、恵麻が一枚のメモリースティックを早瀬に渡した。

「何です、これ？」

「んふー」

恵麻が悪戯っぽい笑みを浮かべる。

「あの日の夜の生データ♪　ばっちり４Ｋ画質の無修正、最高音質❤」

「いぃいやぁぁぁあっつったぁぁぁあああああ！！！！」

両手を天に衝き快哉《かいさい》をあげる。

この男は、たぶん操縦が楽だ。と、恵麻はしみじみそう思った。

◉新人作品**大募集**◉

マドンナメイト編集部では、意欲あふれる新人作品を常時募集しております。採用された作品は、本人通知のうえ当文庫より出版されることになります。

【応募要項】未発表作品に限る。四〇〇字詰原稿用紙換算で三〇〇枚以上四〇〇枚以内。必ず梗概をお書き添えのうえ、名前・住所・電話番号を明記してお送り下さい。なお、採否にかかわらず原稿は返却いたしません。また、電話でのお問い合せはご遠慮下さい。

【送付先】〒一〇一-八四〇五 東京都千代田区神田三崎町二-一八-一一 マドンナ社編集部 新人作品募集係

愛妾契約30日《あいしょうけいやくさんじゅうにち》 むちむち美人編集者の受難《むちむちびじんへんしゅうしゃのじゅなん》

二〇二三年 五月 十日 初版発行

発行◉マドンナ社
発売◉二見書房
東京都千代田区神田三崎町二-一八-一一
電話 〇三-三五一五-二三一一(代表)
郵便振替 〇〇一七〇-四-二六三九

著者◉天城しづむ【あまき・しづむ】

印刷◉株式会社堀内印刷所 製本◉株式会社村上製本所 落丁・乱丁本はお取替えいたします。定価は、カバーに表示してあります。

ISBN978-4-576-23045-0◉Printed in Japan◉©S.amaki 2023

Madonna Mate